www.tredition.de

AF214591

P. G. Groeger

DU bist tot...!!! 2

Maggie Barrisford mordet weiter

www.tredition.de

© 2017 P. G. Groeger
Umschlag, Illustration: Jörg Peterskofsky
Lektorat, Korrektorat: Sabrina Felgenträger

Verlag: tredition GmbH, Hamburg

ISBN
Paperback: 978-3-7439-0318-0
Hardcover: 978-3-7439-0319-7
e-Book: 978-3-7439-0320-3

Printed in Germany

Vorwort

Wem Maggie Barrisford noch nicht bekannt sein sollte: Maggie Barrisford ist die Hauptdarstellerin in der Geschichte „DU bist tot oder rote Highheels", aus meinem ersten Buch, DU bist tot …!!! – Drei mörderische Kurzgeschichten - erschienen im Februar 2016. In diesem führte sie – neben ihrer eigenen Mordgeschichte - meine sehr geschätzten Leser zu den weiteren Kurzgeschichten.

Da dies beim werten Leserpublikum so gut ankam, habe ich mich dazu entschlossen, diese Vorgehensweise auch in diesem Buch weiter zu führen.

Maggie wird Sie also auch in diesem Buch – mit ihrer eigenen Geschichte – unterhalten und als Schriftstellerin ihr eigenes, weiteres Buch schreiben. Ich wünsche viel Vergnügen.

Patchwork Familie

Maggie

Amüsiert schaute Maggie dem kleinen, grauen Fellbündel zu, wie dieses verzweifelt versuchte den eigenen Schwanz einzufangen. Molly war erst fünf Monate alt und ihr fehlte noch so ganz und gar die Ruhe und Abgeklärtheit, die Katzen mit den Jahren so ausstrahlen können. Mit fünf Monaten waren Fressen, Spielen, Schlafen und das Katzenklo suchen noch auf den vordersten Rängen der Prioritätenliste einer Katze.

Maggies erster Kater, Mr. Churchill, war ein solches Exemplar der Abgeklärtheit. Er war vor zwei Jahren, im stolzen Alter von 19 Jahren, ruhig und friedlich eingeschlafen. In den Jahren ihres Zusammenlebens war er bekanntlich zu einem Meister der Manipulation und Meditation für Maggie geworden.

Lange hatte Maggie darüber nachgedacht, ob sie wieder einen tierischen Partner in ihr Leben integrieren sollte, wo sie doch so viel auf Reisen war. Aber es war ruhiger geworden in den letzten Monaten und so holte sie sich vor drei

Monaten dieses winzige, graue Fellbündel ins Haus und war mittlerweile sehr glücklich über diesen Entschluss, denn das kleine Katzenmädchen bereitete ihr sehr viel Freude.

Während sie so dasaß und Molly beim Spielen zuschaute entwich ihr ein tiefer Seufzer. Sie musste sich aufrappeln. Schluss mit dem Nichtstun, denn, das nächste Buch wollte geschrieben werden und Lionel drängte mittlerweile fast täglich darauf, wenigsten ein paar Kapitel zu bekommen. Wenn er wüsste, dass Maggie noch nicht eine Zeile geschrieben hatte, ja noch nicht einmal eine Idee hatte, er würde sicherlich von London durch den Hörer gekrochen kommen um sie aufzurütteln.

Maggie beschloss einen Spaziergang zu unternehmen. Vielleicht würde ihr ja der Seewind eine Idee in den Kopf pusten. Es war erst Anfang April und noch fegten kalte Winde vom Meer übers Land. An diesem Tag aber strahlte die Sonne von einem leuchtend blauen Himmel und ließ eine Vorahnung auf den kommenden Frühling bei Mensch und Tier aufkommen. Sorgsam hüllte Maggie sich in ein *dickes Cape, schlang sich einen ihrer bunten Schals um Hals und Kopf und versenkte ihre Füße in den kuschligen, bunten Winterstiefeln. Beim Verlassen des Hauses achtete sie darauf, dass ihr die kleine Katze nicht zwischen den Beinen durchhuschte und nach draußen geriet.*

Langsam schlenderte sie die Strandpromenade entlang, die Hände tief in den Taschen vergraben und den Kopf den wärmenden Sonnenstrahlen entgegen gereckt. Außer ihr waren nur wenige Menschen unterwegs, die Touristensaison hatte noch nicht begonnen und die Einheimischen waren noch unter sich und genossen die Ruhe und das friedliche Miteinander. Maggie grüßte die entgegenkommenden Strandgänger fröhlich und gelangte schließlich zum Hafen. Billy, der Inhaber des kleinen Cafés am Pier, hatte Tische und Stühle vor die Tür gestellt und der Duft von frisch gebrühtem Kaffee wehte ihr in die Nase. Sie bestellte sich im Setzen einen Pott davon mit Milch und ein Puddingteilchen dazu. Billy brachte Beides umgehend und stellte es mit einem „Wohl bekomms" auf dem Tischchen ab. Die kaltwarme Brise - vom Meer kommend - roch nach

Seetang und der Wind hinterließ den leicht salzigen Ge-
schmack des Meeres auf den Lippen.

Der Kaffee war heiß und das Teilchen köstlich. Maggie ge-
noss und schaute dem Kommen und Gehen der Boote zu,
die langsam in den Hafen rein- und rausfuhren. Das
schöne Wetter hatte doch einige Segler aufs Wasser gelockt
und die bunten Segel tanzten auf den Wellen auf und ab.

Heftiges Stühlerücken holte sie aus ihrer Melancholie. Ein
kurzer Blick über die Schulter zeigten ihr eine Frau und
einen Mann in mittleren Jahren. Beide waren in typische
Seglerkleidung gehüllt und ihnen gehörte sicherlich eines
der schicken Segelboote unten am Anleger.

Oha, die zwei hinter ihr gehörten nicht zu der Sorte
Mensch, die sich in der Öffentlichkeit rücksichtsvoll unter-
hält. Laut und ungeduldig rief der männliche Teil des Paa-
res nach einer Bedienung, während er sich weiterhin mit
dröhnender Stimme mit seiner Partnerin unterhielt.

In seiner unnachahmlichen Art schlenderte Billy gemüt-
lich zu den Beiden und stellte sich breitbeinig, die Hände
in den Hosentaschen vergraben, vor den Störenfrieden auf:
„Was darf es sein die Herrschaften?"   Unfreundlich und
barsch orderte man: „Bier, groß und was zu essen". Leicht
auf den Fersen wippend und mit dem Kopf nickend kam
von Billy nur ganz trocken: „Sehr gerne die Herrschaften.
Ich bringe ihnen die Karte."

Mit diesen Worten wandte er sich wieder ab, schlenderte
gemütlich zum dem Holzhäuschen, welches sein Café be-
herbergte und begab sich dort hinter die Theke. Maggie
grinste, denn eine Karte hatte sie hier noch nie gesehen.
Man fragte einfach nach was es heute gab und bestellte
dann oder man ließ es.

So wie Maggie Billy kannte, konnte es nun ewig dauern,
bis er sich mit den Getränken und der versprochenen Spei-
sekarte wieder blicken lassen würde. Aber so wie man in
den Wald hinein ruft, so schallt es nun mal heraus.

Die Beine lang ausgestreckt und das Gesicht den wärmen-
den Sonnenstrahlen entgegen lehnte sie sich weiter auf ih-

rem Stuhl zurück und lauschte so nebenbei der Unterhaltung der beiden Fremden. Denn es war so gut wie unmöglich dies nicht zu tun, so geräuschvoll ging es bei den Beiden zu. Man unterhielt sich über die Bewohner einer Kleinstadt. Es war die Rede von Trockenheit, Ernte und Belanglosigkeiten.

Eigentlich war es keine Unterhaltung, sondern nur eine Abfolge von Lästereien über Menschen, die wohl aus dem täglichen Umfeld der Beiden waren.

Halb träumend, halb den Worten vom Nachbartisch lauschend entstanden vor Maggies Augen plötzlich Bilder einer Kleinstadt. Gelegen in einer kargen, trockenen Landschaft, huschten vor ihrem inneren Auge Farmhäuser und Berge vorbei. Dazu formten Ihre Gedanken Personen und eine Vorstellung, wie ihre nächste Geschichte anfangen könnte.

Um Billy den Spaß nicht zu nehmen, dass er die beiden da draußen einfach sitzen ließ, ging Maggie zu ihm in das kleine Café und zahlte mit einem Augenzwinkern ihren

Kaffee und das Teilchen. Langsam machte sie sich in Gedanken versunken auf den Heimweg. Lionel sollte sein nächstes Buch bekommen.

New York, 1971 – 2011

Kalt und schneidend pfiff der Winterwind durch die Straßen der Stadt. Dunkle, schwere Wolkenberge flogen tief und schnell am Himmel und verkündeten Schnee. Die einsetzende Dämmerung fiel langsam, wie ein Schleier, über die unzähligen Autos und Menschen, die sich – wie jeden Tag um diese Zeit - auf dem Heimweg oder zu einer der unzähligen Unterhaltungsmöglichkeiten in der City befanden.

Eingezwängt zwischen zwei hohen Giganten aus Glas, Stahl und Beton duckte sich ein grauschwarzer Backsteinbau mit einem Glockentürmchen auf dem Giebel. Zwölf Stufen führten über die gesamte Breite des Gebäudes nach oben auf einen kleinen Vorplatz der von hohen Säulen gerahmt war und das Vordach des alten Gebäudes trug. Ein auf Hochglanz poliertes Messingschild glänzte im Licht der Straßenlaterne und der interessierte Besucher konnte diesem entnehmen, dass es sich bei dem Gebäude um die Kirchengemeinde und das Waisenhaus der *„Gemeinschaft der Seligen Schwestern"* handelte, gegründet 1861.

Schwester Clayborn und Schwester Richman waren soeben dabei die schweren Flügeltüren der Eingangstür des alten Backsteinhauses für die Nacht zu schließen, als sie in der rechten Ecke ein leises Wimmern hörten und beim näheren Hinschauen ein großes Stoff-Bündel entdeckten. Vorsichtig gingen die beiden – schon etwas betagten – Schwestern auf das im Dunkel liegende große Bündel zu, das zusammengekauert im Winkel zwischen der schweren Eichentür und den dicken Steinwänden hockte.

„Ist das etwa ein Kind?" fragte Schwester Clayborn leise ihre Mitschwester, diese hatte jedoch mittlerweile beherzt das in Decken eingepackte Kind aufgenommen und schüttelte fassungslos den Kopf. „Los, schnell nach hinein ins Warme."

Energisch, das Bündel auf dem Arm, schob Schwester Richman Schwester Clayborn ins Innere des alten Steingebäudes. Zwar war das Innere des Klosters nicht gerade das was man als einladend warm und gemütlich bezeichnen würde, aber frieren musste man auch nicht. „Los, los, wer weiß wie lange das Kindchen hier schon liegt" trieb Schwester Richman ihre Mitschwester voran. „Ich gehe und packe das Kind in ein heißes Bad. Du rufst Doktor Millner und die Mutter Oberin." Eilig hastete Schwester Richman weiter und ließ Schwester Clayborn sprachlos zurück.

Plötzlich alleine gelassen hatte Schwester Clayborn nun doch rechte Mühe die große Eichentür zu verschließen. Aber tapfer trotzte sie den Widrigkeiten, drehte letztendlich entschlossen den großen, alten Schlüssel um und eilte durch den Innenraum des Kirchraumes zu einer Seitentür, die zu den noch bewohnten bzw. bewohnbaren Räumlichkeiten der kleinen Klostergemeinschaft führte.

Die *Gemeinschaft der Seligen Schwestern* gab es schon seit über einhundert Jahren, allerdings war von den seinerzeit weit über einhundert Schwestern nur noch eine Handvoll geblieben. Fünf Ordensschwestern, drei Novizinnen und die Mutter Oberin bewohnten die steinernen, kalten Gemäuer noch. In den letzten 25 Jahren wurden auch keine Waisenkinder mehr in die Obhut der Schwester gegeben. Staatliche Institutionen haben diese Aufgabe übernommen und so wurden mit der Zeit die Schlaf- und Aufenthaltsräume für die Kinder nicht mehr genutzt. Die alten Steingemäuer waren somit teilweise dem langsamen aber stetigen Verfall preisgegeben. Einzig das Kirchengebäude und das Wohnhaus der Schwestern waren in relativ gutem Zustand.

Da die *Gemeinschaft der Seligen Schwestern* keiner der großen Kirchen angehörte, sorgten seit Generationen treue Gemeindemitglieder und deren Familien dafür, dass das Kirchengebäude und das Wohnhaus erhalten und nutzbar für die Nonnen blieben.

Unter den Decken und Lumpen kam ein kleines zartes Mädchen, nicht viel älter als vielleicht zwei oder drei Jahre alt, zum Vorschein. Langsam entkleidete Schwester Richman das kleine Menschenkind und wickelte es in eine warme Decke.

Schwarzes, bläulich schimmerndes und glattes Haar hatte die Kleine. Die leicht olivfarbene Haut des Brustkorbes hob und senkte sich langsam und gleichmäßig. Das Kind schien ein wenig unterernährt, denn die Ärmchen und Beinchen waren doch recht dünn und die Rippen zeichneten sich scharf unter der Haut ab. Oberflächlich gesehen, waren allerdings keinerlei auffällige Merkmale am Körper zu erkennen.

Vorsichtig hob Schwester Richman das kleine Mädchen in eine Wanne, die sich zwischenzeitlich mit wohltemperiertem Wasser gefüllt hatte. Ein leiser Schnaufer entwich dem herzförmigen Mund der Kleinen, als sie behutsam in das warme Nass eingetaucht wurde. Während Schwester Richman das kleine Mädchen fürsorglich mit einem weichen Schwamm und Rosenseife abwusch, öffnete die Kleine ihre Augen. Zwei große Kulleraugen mit einer violetten Iris, jeweils umkränzt von einem dichten schwarzen Wimpernkranz schauten die alte Frau ernst und doch dankbar an. Dann schlossen sie sich langsam wieder und der kleine Körper streckte sich wohlig unter den Händen der Ordensfrau.

Diese war bald mit dem Reinigungsritual fertig und packte das Kind in ein großes Badetuch. Während sie den kleinen Körper noch ordentlich mit dem harten Frotteehandtuch abrubbelte, um den Kreislauf des Kindes wieder in Schwung zu bringen, trafen auch schon zeitgleich der alte Doktor Millner und die Mutter Oberin im Badetrakt ein.

Doktor Millner, seit fast vierzig Jahren der Hausarzt der Schwestern, untersuchte das Kind und die Schwestern berichteten abwechselnd der Mutter Oberin wie und wo sie die Kleine gefunden hatten.

„Nun, unsere kleine Pocahontas ist gesund, vielleicht ein wenig unterkühlt. Lange kann sie nicht dort draußen in der Kälte gesessen haben." Langsam wandte Doktor Millner sich nach der Untersuchung des Kindes um und schaute in die wartenden Gesichter der Nonnen, die sich still im Hintergrund gehalten hatten. „Wir müssen die Polizei informieren, diese wird dann die Behörden aktivieren. Das Kind kann hier nicht bleiben. Und vielleicht wird es auch schon gesucht." Mit diesen Worten wandte sich die Mutter Oberin an die Schwestern und den Doktor. „Nun, die Polizei informiere ich" sagte der Doktor „und dann sehen wir weiter. Jetzt lassen wir die Kleine erst einmal ausschlafen. Das wird ja wohl möglich sein bis morgen früh."

Mit diesen energischen Worten nahm Doktor Millner der Mutter Oberin erst einmal den sprichwörtlichen Wind aus den Segeln, denn diese war nicht gerade für Herzenswärme und Güte bekannt.

Mit strengem Regiment führte die Mutter Oberin den Orden der Schwestern und duldete keinerlei Abweichungen vom Tagesablauf. Es herrschte eine strenge Hierarchie und die Regeln waren zu befolgen, wobei Gehorsamkeit und Schweigen die obersten Gebote waren. Erstaunlicherweise aber die Schwestern dieses Ordens alle mit Stimmen gesegnet, die auf den Bühnen dieser Welt sicherlich viele Anhänger gefunden hätten. Aber sie sangen nur zur Ehre Gottes, seines Sohnes und der Jungfrau Maria. Und zur Freude der treuen Anhänger und Gönner ihrer kleinen Gemeinde, die ihnen dreimal täglich, während der Gottesdienste und Gebetszeiten, in der Kirche lauschen konnten.

„Schwester Richman, bringen Sie das Kind in eine der beheizbaren Gästezellen und bleiben sie bei ihm. Morgen früh, wenn die Behörden eintreffen, sehen wir weiter." Mit diesen Worten wandte sich die Mutter Oberin um und verließ das Badehaus. Auch der Doktor packte seine Tasche, strich der Kleinen noch über Wange und sagte im Gehen: „Eine heiße Tasse Kakao oder Suppe für das Kind bitte, dann lassen sie es schlafen. Morgen sollte die Kleine höchstwahrscheinlich wieder auf dem Damm sein. Wenn sich aber etwas Nachteiliges an ihrem Zustand ändern sollte, dann kontaktieren sie mich bitte umgehend. Ansonsten werde ich morgen früh noch einmal vorbei schauen und nach ihr sehen."

Behutsam nahm Schwester Richman das schläfrige Mädchen auf den Arm und trug es in eine der kleinen, kargen Gästezellen. Ein schmales Bett, ein Tisch und ein Holzstuhl sowie eine wurmstichige Kommode waren das ganze Mobiliar des nur ca. 12 m² kleinen Zimmerchens. Die grauschwarzen Wände aus Steinquadern waren ungeschmückt. Ein hölzernes Jesuskreuz über dem schmalen Bett war der einzige Wandschmuck in dem kleinen Raum. Auch gab es kein Fenster, nur schmale Lüftungsschlitze befanden sich in der massiven Holztür, die außer einer alten Messingklinke nur ein kleines Häkchen zum Verschließen vorwies. Privatsphäre war in der Gemeinschaft der Schwestern unbekannt. Und man hatte ja auch nichts voreinander zu verbergen, denn alles was die Schwestern besaßen gehörte dem Kloster und wurde gemeinsam be- und genutzt. Private Besitztümer waren seinerzeit, mit dem Eintritt in die Gemeinschaft, in deren Besitz übergegangen.

Sorgsam packte die Schwester das Mädchen in die dünne Decke, die auf dem Bett lag und nahm zusätzlich noch ihr Schultertuch und wickelte es auch noch darin ein. Leise schlüpfte sich aus dem Zimmer und eilte in den Küchentrakt wo der große Topf mit der Hühnerbrühe vom Abendessen noch auf dem Ofen stand. Schnell schöpfte sie eine Tasse voll und eilte zurück zu der Kleinen. Als sie in den kleinen Raum zurück kehrte lag das Kind mit geschlossenen Augen auf dem Rücken, sein Atem aber ging tief und regelmäßig. Es schlief tief und fest. Da stand sie nun, mit der Tasse Suppe in der Hand. Leise seufzte sie auf, drehte den Knopf der Heizung bis zum Anschlag auf und nahm auf dem einzigen Stuhl im Zimmer Platz. Sicherlich würde sie morgen von der Mutter Oberin einen argen Rüffel wegen der hochgedrehten Heizung einstecken müssen, aber das war ihr gleich. Hatte sie doch ihr Schultertuch um das Kind gewickelt und wenn sie schon die Nacht im Sitzen auf dem harten Stuhl verbringen sollte, dann wollte sie

nicht auch noch frieren müssen und sich schlimms-
tenfalls eine Erkältung einhandeln. Dass sie die heiße
Suppe nun zu sich nehmen würde, das wollte sie besser verschweigen, die Mutter Oberin würde es als
Völlerei ansehen und sie sicherlich hart bestrafen für
diese Sünde. Allerdings glaubte Schwester Richman
ganz fest daran, dass die heilige Mutter Maria ihr es
sicherlich nachsehen würde, denn diese war ja selbst
auch Mutter gewesen. Bedächtig rückte sie sich den
harten Stuhl an einen Platz zwischen Bett und Heizung. Die Nacht würde lang werden auf dem harten
Möbel. Aber das Studieren der Bibel, Gespräche mit
der heiligen Mutter Maria und die Suppe würden sie
ablenken und die Stunden schnell vorüber gehen lassen.

Ein leichtes Klopfen auf ihrem Knie ließ Schwester Richman hochfahren. Da war sie wohl doch eingenickt. Zwei große violette Augen blickten sie an. Das Köpfchen leicht schräg haltend saß das kleine Mädchen im Bett und klopfte mit der linken Hand auf ihr Knie.

„Na meine Kleine, wie geht es Dir? Wie heißt Du?" Doch das Kind schaute die Schwester nur mit ernstem Blick an. Kein Wort kam ihm über die Lippen. „Nun, ich bin Schwester Richman. Willst Du mir nicht Deinen Namen verraten?"

Da das Kind laut Aussage des Doktors ungefähr drei Jahre alt sein könnte, sollte es eigentlich auch sprechen können. Und dass es die Worte der Schwester verstand, zeigte die Reaktion, dass die Kinderhand nun ruhig auf dem Knie der Schwester ruhte. Eine Weile schauten sich die beiden ruhig, ein wenig neugierig an. Jeder schien im Gesicht des Anderen lesen zu wollen.

„Ilseni" fragend schaute Schwester Richman das Kind an. „Was hast Du gesagt Kind? Ist das Dein Name? Habe ich das richtig so verstanden?" Aber die Kleine schaute sie nur mit großen Augen an und kein weiteres Wort kam über ihre Lippen. Das leise Wort „Ilseni" war alles, was Schwester Richman glaubte verstanden zu haben.

In diesem Moment ging auch schon die Tür der kleinen Zelle auf und neben der Mutter Oberin drängte sich eine große, dunkelhäutige Frau in einer adretten, dunkelblauen Uniform in das kleine Räumchen. „Nun, Schwester Richman, hat das Kind gesagt wie es heißt? Wissen wir wer die Eltern sind, oder hat es eine Adresse genannt?" „Nein, Mutter Oberin." Mit gesengtem Kopf antwortete Schwester Richman. „Ich habe nur so etwas wie „Ilseni" verstanden". „Ah, na gut, dann sollen sich die Behörden darum kümmern. Mrs. Sperstad, bitte nehmen sie die Kleine in ihre Obhut." Mit diesen Worten wandte sich die Mutter Oberin auch schon wieder um und verließ den Raum.

So kam es, dass das Kind in die Obhut der staatlichen Fürsorge und die Maschinerie der Bürokratie lief an. Die Bedeutung des Wortes „Ilseni" konnte nicht eruiert werden, und das das Kind ja auch irgendwie gerufen werden musste, nannte man sie kurzerhand Ilsa. Den Lebensretterinnen zu Ehren, die die Kleine vor dem sicheren Erfrierungstod gerettet hatten, bildete man aus deren Nachnamen, Clayborn und Richman, kurzum einen Nachnamen für das Kind. Clayman, sollte sie ab sofort offiziell heißen, Ilsa Clayman.

In den öffentlichen Papieren wurde der Tag der Auffindung als Geburtsdatum eingesetzt, wobei man zugrunde legte, dass das Kind bereits drei Jahre alt wäre. So wurde am 03. Januar 1971 Ilsa Clayman im Alter von drei Jahren offiziell amerikanische Staatsbürgerin.

Die kleine Ilsa war ein ernstes und zurückhaltendes Kind. Strebsam und ohne Auffälligkeiten kam sie durch die Schulzeit. Ihre Noten waren von Anfang an immer mit die Besten. Sie war Klassensprecherin und in den letzten Schuljahren auch Schulsprecherin. Aber Freunde oder gar beste Freundinnen hatte sie während der Jahre nicht. Man wählte sie nur, um sich mit den umfangreichen Aufgaben, die mit diesen Ämtern verbunden waren, nicht selbst auseinander- setzen zu müssen. Kinder können grausam sein.

Ihr indianisches Äußeres und dass sie im Waisenhaus lebte, machte sie außerdem zur ‚persona non grata‘ bei ihren Mitschülern.

Für sie selbst allerdings war das Leben im Waisen- haus, in welches sie seinerzeit von Mrs. Sperstad ver- bracht worden war, völlig normal. Sie schien sich nie an ein Leben davor erinnern zu wollen oder zu kön- nen.

Nur, wenn andere Kinder plötzlich nicht mehr da waren und sie erfuhr, dass diese adoptiert worden waren und nun eine Familie haben, nur dann war sie einige Tage aufsässig und ungehorsam.

Die einzigen Kontakte außerhalb waren die Nonnen. Mindestens einmal pro Woche besuchte sie die alten Damen im Kloster. Dort lasen sie gemeinsam nicht nur in der Bibel. Die Nonnen brachten ihr auch die großen Schriftsteller von der Antike bis zum Heute nahe. Besonders die Hochkulturen der Maya und Ägypter hatten es Ilsa angetan. Sie war fasziniert von dem medizinischen Wissen, welches vor tausenden von Jahren schon dort praktiziert worden war. Auch über die großen Heiler des Orients konnte sie gar nicht genug erfahren. Man konnte schon damals erahnen, dass die Medizin ihren weiteren Lebensweg bestimmen würde. Es waren für Ilsa immer schöne Nachmittage. Nachmittage gefüllt mit Wissen und Ruhe.

Ihre auffällig guten Noten während der Schulzeiten und im College verschafften ihr letztendlich ein Stipendium an der Stanford Universität, wo sie erfolgreich mit einem Studium in Medizin abschloss. Es folgten die Assistenzarztzeit und Qualifikationen zur Fachärztin in Pathologie, Forensik und Chirurgie. Nebenbei bildete sie sich in der Kunst des Embalming, der Einbalsamierung, weiter und es war nicht verwunderlich, dass sie auch dies mit Erfolg tat und in allen Fächern promovierte. Der Job als Gerichtsmedizinerin in einem der angesehensten Krankenhäuser der Stadt New York war das erfolgreiche Fazit ihrer Ausbildung.

Obwohl aus der kleinen, dünnen Ilsa eine wundschöne, zartgliedrige junge Frau wurde, mit langem blau-schwarzem Haar, hohen Wangenknochen und Mandelaugen, nannte sie doch weiterhin nur wenige Menschen in ihrem Umfeld Freunde.

Die weiblichen Wesen in ihrem Umfeld beneideten sie um ihr exotisches und auffallendes Aussehen und gingen ihr daher, um der Konkurrenz vorzubeugen, aus dem Weg. Den Herren der Schöpfung war sie zu ruhig und zu klug. Außerdem ließ sie sich auf keinerlei Abenteuer ein und wurde bei den typischen Studenten-Aktivitäten nie gesehen. Ihr Mentor und Doktorvater, seine Familie und die Schwestern aus dem Kloster waren die einzigen Menschen, die zu ihrem näheren Umfeld gehörten und die sie vorsichtig Freunde nannte.

Diese hatten ihr in den vergangenen Jahren auch immer wieder bei dem Versuch geholfen Angehörige ausfindig zu machen. Niemand aber meldete jemals ein Kind, ein Mädchen mit indigenem Aussehen im Alter von circa drei Jahren als vermisst. Ilsa gab irgendwann das Vorhaben auf ihre Wurzeln zu finden und widmete sich nur noch ihrem Job und ihrer Karriere.

Als Gerichtsmedizinerin und Leichenbeschauerin, gab es in New York immer etwas zu tun. An manchen Tagen hatte man das Gefühl, dass die Leichen sich stapelten und man nicht mehr wusste, wo man zuerst hin fassen sollte. Ilsa arbeitete oft mehrere Schichten hintereinander und war mehr im Pathologiesaal als zuhause anzutreffen.

Wenn sie nicht arbeitete, dann konnte man sie ganz sicher auf einem Symposium für Forensik oder Kriminologie antreffen. Oder sie befand sich auf einer Studienreise in Sachen Mumien und Plastination, ihr Steckenpferd, dem sie jede Stunde ihrer Freizeit widmete. Nachdem sie in einer Fachzeitschrift über das Thema Plastination las, ließ sie das Thema nicht mehr los und sie nahm ein Jahr vom Krankenhaus frei.

Sie flog nach Deutschland und studierte hier unentgeltlich einige Monate im Plastinarium der Gubener Plastinate GmbH in der Lernwerkstatt *(Quelle: www.plastinarium.de/...)*.

Die dort erlernte Methode der anatomischen Präparation brachte sie auf einen Gedanken, der sie, auch nach der Rückkehr in die USA, nicht mehr loslassen wollte.

Wieder zurück in New York in der Gerichtsmedizin und im gewohnten Alltag dachte sie sehr oft an die Zeit in Guben zurück und wie sie das erlernte Wissen anwenden könnte. Aber wie heißt es so schön: kommt Zeit – kommt Rat. Und Väterchen Zufall kam auch hier eines Tages zu Hilfe und sie fand einen Ort, an dem niemand sie jemals vermutete oder je nach ihr gesucht hätte.

Ein dankbarer und großzügiger Gönner des Krankenhauses verfügte in seinem Testament, dass das Krankenhaus eine neue Pathologie bekommen solle, mit der modernsten und fortschrittlichsten Ausstattung die auf dem Markt zu erwerben wäre. Eine weitere Bedingung sah vor, dass die Abteilung in einen hellen und modernen Anbau umziehen solle und die

Kellerräume der bisherigen Pathologie-Abteilung zu schließen seien. Und Ilsa war glücklich als das Projekt während ihres Auslandsaufenthaltes in die Realität umgesetzt wurde. Nach ihrer Rückkehr durfte und konnte sie nun in der modernsten und hellsten Pathologie des Landes tagtäglich ihrer geliebten Arbeit nachgehen. Aber der Clou des Ganzen kam ihr einige Wochen später zupass.

Eher zufällig hatte Ilsa den Zugang entdeckt, der sie direkt hinunter in die alte Pathologie führte. Die alten Räume lagen teilweise unterhalb der neu darüber errichteten Pathologie. Einer der Aufzüge musste beim Neubau - wohl aus irgendwelchen Sicherheitsgründen - bis in die alten Gänge hinunter gebaut worden sein und aus Versehen hatte sie einmal den unmarkierten, letzten Knopf in diesem Aufzug gedrückt und war dort unten im Dunkel gelandet.

Neugierig hatte sie so die verlassene, alte Pathologie wieder entdeckt und erkundet. Was sie fand war phantastisch und ihre Vorstellungen und Gedankengänge ließen sie nächtelang nicht schlafen.

Alle Räume waren immer noch komplett ausgestattet, mit den alten Geräten, die aber immer noch voll funktionstüchtig waren und mit denen sie zuvor bereits jahrelang gearbeitet hatte. Sogar die Kühlkammern funktionierten noch und die mit Alkohol gefüllten Wannen zur Leichenaufbewahrung waren ebenfalls noch gefüllt und jederzeit bereit tote Körper wieder aufzunehmen.

Immer wieder kam Ilsa hier herunter, schaute sich um, registrierte die Bestände in den Schränken, probierte die Geräte aus und nach Monaten des Für und Wider fiel die Entscheidung. Hier konnte sie ihre Forschungen professionell und alleine durchführen.

Denn Niemand hätte verstanden bzw. unterstützt, was sie versuchte zu finden. Man hätte sie wohl sofort in die Psychiatrie eingewiesen und so schnell auch nicht mehr entlassen.

Ilsa begann ihre Forschungen. Die Haltbarmachung menschlicher Körper war ihr Ziel. Geboren aus der Vorstellung nach einer eigenen Familie. Sie wollte sich ihre eigene Familie erschaffen. Eine Mom, einen Dad und vielleicht sogar Brüder und Schwestern.

In ihrer gesamten Freizeit arbeitete sie hier unten. Anfangs dachte sie noch, dass es ein Problem wäre an geeignete, frische Körper zu kommen. Aber es war viel, viel einfacher als gedacht.

Langsam schob Ilsa die Trage durch den schummrig beleuchteten Flur des alten Kellers.

John Doe - 11-06-18/1 stand auf dem Zettel, der am linken großen Zeh des Mannes baumelte. Bevor Ilsa den Körper des alten Mannes von der fahrbaren Trage auf den glänzenden Untersuchungstisch aus Edelstahl hievte, entledigte sie sich ihres Arztkittels und schlüpfte in einen der weißen Spezialoveralls, eine weiße Kunststoffschürze und Gummistiefel vervollständigten das Outfit. Sorgfältig verhüllte sie ihr Haar mit einer der sterilen Hauben und zog das Gummiband mit dem integrierten Augenschutz darüber. Ein Mundschutz noch und sicherheitshalber zwei Paar Untersuchungshandschuhe übereinander, fertig.

Langsam und mit Respekt begann Ilsa den Körper des alten Mannes sorgfältig zu waschen. Sie rasierte sogar den verfilzten, grauen Bart von Wangen und Kinn.

Es war wohl ein Obdachloser, der erst vor einigen Stunden in der Pathologie eingeliefert worden war. Er war in einem kleinen Schnapsladen, zwei Nebenstraßen vom Krankenhaus entfernt, einfach umgefallen. Der sofort herbeigerufene Notarzt konnte auch nicht mehr helfen und man hatte ihn kurzer Hand einfach in der Pathologie eingeliefert.

Da der Mann keinerlei Papiere bei sich trug wurde er ein John Doe. Bei der Einlieferung des Toten war es eine von Ilsas Aufgaben den Mann im System zu erfassen um bei eventuell späteren Nachforschungen Angehörige ausmachen zu können, die für die entstandenen Kosten aufkämen.

In der Hektik der Mittagszeit achtete keiner der Kollegen darauf, dass Ilsa nur ein gefaktes Aufnahmeformular ausfüllte, welches sie später wieder problemlos aus dem System löschen konnte. Völlig ruhig und routiniert entnahm sie das Kärtchen mit der Registrierung aus dem Drucker, versah es mit einem Bänd-

chen und befestigte es am linken, großen Zeh des Toten und verschwand mit der Rollbahre in dem Aufzug der direkt nach unten in IHR Reich fuhr.

Nun ja, es war nicht ihre erste Leiche, die sie so ent-
wendet hatte – bereits drei der Kühlkammern in der
alten Autopsie waren belegt, und würden es auch
bleiben, denn Niemand würde auf die Idee kommen
um hier unten nach eventuell vermissten Leichen zu
suchen. Eher würde man anfangen Fragen nach dem
Wer und Warum zu stellen, wenn man die toten Körper irgendwann einmal entdecken würde. Aber das
war unwahrscheinlich. Die Räume der alten Autopsie waren vergessen worden.

Diese drei ersten Versuche der Mumifikation bzw. Mumifizierung waren so ganz und gar nicht zu Ilsas Zufriedenheit ausgefallen. Die in Guben erlernte Methode der Plastination war zu umständlich und langwierig um sie alleine durchführen zu können. Sie musste mit einem neuen Ansatz neu beginnen.

Eine ihrer Reisen hatte sie vor Jahren nach Sizilien geführt. Dort war im Jahre 1920, im Alter von 2 Jahren, die kleine Rosalia Lombardo an der Spanischen Grippe verstorben und auf den Wunsch ihres Vaters von dem Einbalsamierer, Alfredo Salafia, für die Ewigkeit konserviert worden. Seit über 90 Jahren - im Glassarg aufgebahrt - in der Kapuzinergruft im italienischen Palermo, gilt sie als die schönste Mumie weltweit. *(Quelle:* *www.welt.de/wissenschaft/aricle3729803/...)* Ilsa hatte lange und sorgfältig recherchiert und gedachte nun die Methode des Alfredo Salafia auch an ihrem John Doe zu versuchen.

Sorgfältig öffnete sie in der rechten Leiste eine der großen Venen und schloss den Infusionsbeutel mit einer Mixtur aus Zinksulfat, Chloriden, Glyzerin und Formalin an, die das Blut ersetzen sollte. Die Ingredienzien hatte sie gemäß den Berichten eines Dario Piombin Mascali von der Universität Palermo angefertigt, der im Nachlass Salafias ein entsprechendes Manuskript fand. Allerdings konnte sie in keiner der Aufzeichnungen Mengenangaben finden, so dass sie hier probieren musste.

Entgegen der Methode Salafias öffnete sie Brust- und Bauchraum schnell und routiniert mit einem Y-Schnitt und entnahm alle inneren Organe, Herz, Lungen, Magen, Milz, Leber, Nieren, Gedärme. Salafia hatte seinerzeit die inneren Organe an ihrem Platz belassen. Ilsa versenkte die Innereien in einer Plastikwanne zu ihren Füssen, die sie vorher mit einer der Tüten für biochemischen Müll ausgekleidet hatte.

Die Tüte würde sie später beim Verlassen der Abteilung einfach zu den anderen stellen, die zur Abholung auf einem Rollwagen der Pathologie standen.

Eine Tüte mehr würde niemandem auffallen und problemlos mit im Verbrennungsofen auf Nimmerwiedersehen verschwinden.

Zum Schluss füllte sie den Bauch- und Brustraum mit Heu, getrockneten Kräutern und einer Honig/Harz-Paste aus und verschloss die Öffnung sorgfältig mit einer feinen Naht.

Ein Blick auf die Uhr zeigte ihr, dass sie bereits volle vier Stunden zugange war. Die Formalin-Lösung hatte das Blut im Körper ersetzt und Ilsa verschloss die Vene und Wunde in der Leistengegend ebenfalls mit äußerster Sorgfalt.

Da lag ihr John Doe nun von innen gereinigt und neu befüllt. Jetzt galt es nur noch die äußere Hülle zu bearbeiten. Hier probierte Ilsa eine Paste aus Vaseline und diversen Kräutern aus, die sie selbst gemischt hatte.

Als letzten Akt bedeckte sie den Leichnam mit einem Tuch und schob ihn in eine der noch leeren Kühlkammern. Allerdings stellte sie hier die Kühlung auf eine Temperatur von +25 Grad ein und schaltete den Ventilator zu. So wollte sie eine trockene, ständige Hitzezirkulation erzeugen und ihr John Doe sollte so die nächsten sechs Monate trocken und warm „schlafen", bis sie sich das Ergebnis anschauen wollte.

Es war ein Morgen im Frühling 2011, als Ilsa in ihrem kleinen New Yorker Appartement durch den Straßenlärm wach wurde. Nachdenklich sah sie sich um. Der Blick durch das kleine Appartement zeigte: Viel war es nicht, was sie ihr Eigentum nannte. Alles Dinge, die ersetzbar waren, ein paar Möbel und Wandbilder, nichts von Wert. Schmerzhaft wurde ihr plötzlich bewusst, dass fast ihr halbes Leben vorüber gegangen war und sie alleine auf dieser Welt war.

Doch das Schicksal wäre nicht das Schicksal, wenn es hier nicht eingreifen würde.

Bei der Schnelldurchsicht der Morgenzeitung blieben ihre Augen plötzlich an einer Anzeige hängen.

„Ruhige Kleinstadt in Harding County, New Mexico, idyllisch gelegen an der alten Route 66 zwischen Albuquerque und Santa Fe, sucht Allgemeinmedizinerin mit angeschlossener Tätigkeit als Coroner, zuständig für den

gesamten Bezirk. Geboten werden eine vollständig einge-

richtete Arztpraxis, eine feste Patientenkartei sowie ein

vollständig eingerichtetes Farmhaus mit einigen Nebenge-

bäuden und Grundbesitz zu einem Vorzugspreis. Über-

nahme ab sofort möglich."

Zweimal las Ilsa die Anzeige aufmerksam Wort für

Wort und griff dann kurz entschlossen zum Telefon

um die Telefonnummer - die dort am Ende abge-

druckt war - zu wählen.

Corona, 2011

So, das wäre geschafft! Mit einem zufriedenen Auf-
seufzen ließ Ilsa den letzten Karton auf dem schönen
Fußboden aus Holzdielen ab. Langsam drehte sich
um sich selbst und betrachtete ihr neues Zuhause.

Das Erdgeschoß des Hauses bestand aus einem einzigen, großen Raum. Unterteilt in einen Küchenteil,
der ausgestattet mit einem schönen, großen Esstisch,
vier bequem aussehenden Stühlen, einer Holzbank
an der Wandseite, Holzschränken, dem Herd mit einem riesigen Backofen, einem gigantischen Kühlschrank und allerlei technischen Geräten, die jede
Hausfrau glücklich machen würden.

Vom Küchenbereich aus konnte man ungehindert in
den schönen Wohnbereich schauen, dessen eine
Wand komplett aus Glasfenstern und einer großen
Veranda-Tür bestand. Durch diese hatte man direk-
ten Zugang auf die überdachte, umlaufende Veranda
des Hauses.

Der Blick war grandios. Eine weite Wüstenlandschaft und die nahen Berge. Hier könnte sie abends die wundervollen Sonnenuntergänge betrachten, da es sich um die Westseite des Hauses handelte. Von der Küche ging der Blick nach Osten, auf das weite Land und einen Teil der Auffahrt zu ihrem Grundstück. Unter dem Küchenfenster hatte sie schon beim Hineingehen einen Schaukelstuhl und ein Tischchen entdeckt. Es würde wunderbar sein, hier den Morgenkaffee zu genießen.

Das alte Farmhaus war komplett aus Holz gebaut. Auch die Inneneinrichtung war vollständig aus schönem, poliertem Akazienholz und von den Vorbesitzern über Jahrzehnte liebevoll gepflegt worden. Die Möbel im Wohnbereich – ein rustikaler Couchtisch, ein riesiges Ledersofa, ein gemütlicher Ohrensessel und ein Schaukelstuhl - glänzten in dem warmen goldenen Ton des Akazienholzes.

Wände und Decke waren aus einem dunkleren Holz, aber ebenfalls in makellosem Zustand.

Eine Wand des Wohnbereiches wurde von einem Kamin dominiert, welcher in der Entstehungszeit des Hauses wohl aus den großen Felssteinen der naheliegenden Berge gemauert worden war. Dem Kamin gegenüber hatte man – ebenfalls aus Akazienholz – eine Regalwand eingebaut, die mühelos ihre gesamte Literatur sowie TV- und Musikanlage aufnehmen konnte.

Lächelnd und glücklich vor sich hin summend suchte sie den Karton mit der Aufschrift „Küche". Ihm entnahm sie die Kaffeemaschine, einen Kaffeebecher, Filtertüten und das Kaffeemehl. Mit geübtem Griff platzierte sie ihr wichtigstes Küchengerät – die Kaffeemaschine - auf der mit Mosaiksteinen gefliesten Arbeitsplatte und ließ Wasser in die Kanne laufen. Prima, das Wasser kam klar und kühl aus dem Hahn.

Und während der Kaffee beim Brühen seinen aromatischen Duft zu verbreiten begann, bestückte sie schnell nacheinander die Küchenschränke und Schubladen mit dem Inhalt weiterer sieben Kartons. Schränke und Schubladen fassten mühelos den Inhalt dieser und es blieb noch einiges an Schrankfläche leer.

Der vorhandene Platz reichte für die Haushaltsgegenstände einer Großfamilie. Sicherlich hatten vor ihr hier auch Generationen von Familien gelebt. Aber der Makler, der ihr das Haus verkauft hatte, konnte ihr keine weiteren Auskünfte geben. Er war nicht aus dieser Gegend und wickelte nur den Verkauf - im Auftrag der Stadtoberen von Corona - an den neuen Arzt und Coroner der Stadt ab. Und das war sie jetzt. Die neue Gemeindeärztin der kleinen Gemeinde Corona und Leichenbeschauer des gesamten Bezirks, gelegen irgendwo im Nirgendwo nur wenige Meilen zur Grenze nach Mexiko entfernt.

Nach einem Schluck Kaffee hieß es weiter auspacken. Sie wollte möglichst schnell im Haus fertig werden. Der Inhalt der dreizehn Bücherkartons – überwiegend gefüllt mit Fachliteratur – war schnell in der Regalwand verstaut. Ebenso schnell waren das kleine TV Gerät und die Musikanlage angeschlossen und ihre umfangreiche CD-Sammlung ausgepackt.

Zufrieden stand sie mitten im Raum und schaute sich um. Wohnlich sah es jetzt schon aus. Vielleicht noch hier und da ein Farbtupfer, aber darüber konnte sie sich Gedanken machen, wenn sie in den nächsten Tagen in die Stadt fahren würde.

Nun hinauf in das Obergeschoß ihres Hauses. Stolz ließ sie die Worte in ihrem Inneren nachklingen. Ihr Haus.

Fünfundzwanzig breite, flache Stufen führten mit einem Schwung hinauf auf eine schöne Galerie, von welcher drei Türen abgingen. Von dieser hatte man einen umwerfenden Blick nach unten über den gesamten Wohnraum.

Die drei Türen führten einmal in das Master-Schlafzimmer mit Bad, in ein Gästezimmer mit angeschlossenem, kleinem Bad und in ein kleineres Zimmer, welches sie als Büro nutzen wollte. Jedes dieser drei Zimmer hatte einen Zugang auf die obere, äußere Veranda des Hauses von wo man – wie auch schon unten - einen grandiosen Blick weit über die Landschaft genießen konnte.

Nach einigem Treppauf und Treppab hatte Ilsa auch den Inhalt der restlichen Kartons in den entsprechenden Schränken des großen Schlafzimmers und des Bades verstaut.

Nachdem sie noch das große Bett bezogen hatte ließ sie sich ein wohlduftendes Bad ein. Da dies aufgrund der immensen Ausmaße der Wanne wohl eine Weile dauern würde, holte sie sich noch einen Kaffee aus der Küche und einige Kerzen, die sie hübsch im Bad zu arrangieren gedachte.

Kaffee und Kerzen in der Hand zeigte ihr der Blick nach draußen, dass die Sonne mittlerweile fast hinter den Bergen verschwunden war und die ersten Sterne waren funkelnd am Firmament zu erahnen.

Schnell schaltete im Wohnbereich die schönen und perfekt platzierten Steh- und Tischleuchten ein und ging die Treppenstufen hinauf in Richtung Bad, wo das Wasser noch dampfend in die Wanne plätscherte. Ein Blick über die Schulter zeigte ihr ein heimeliges Bild. Die sanften Lichter des Wohnbereiches strahlten nach oben und sie hatte ein wohliges Gefühl, endlich angekommen zu sein.

Während sie in das warme, gut duftende Badewasser glitt musste sie plötzlich laut lachen. Hier war alle so viel grösser, im Gegensatz zu der winzigen Dusche im kleinen Bad ihres New Yorker Appartements versank sie hier problemlos bis fas zur Nasenspitze im Wasser. Mühsam rutschte sie ein wenig nach oben. Man sollte doch den neuen Coroner nicht ertrunken in der Wanne auffinden, noch bevor er bzw. sie angefangen hatte ihren neuen Job zu tun. Sie genoss das Bad und als das Wasser abzukühlen begann ging sie in ihr geschmackvoll eingerichtetes Schlafzimmer, trocknete sich ab und kuschelte sich in das riesige Bett.

Ihre Gedanken ließen die letzten zwei Tage der langen Fahrt von New York nach Corona noch einmal Revue passieren.

Kurz entschlossen hatte sie sich bei einem Gebrauchtwagen-Händler einen alten Pickup-Truck gekauft. Der Verkäufer war froh das Monstrum vom Hof zu bekommen und handelte auch nicht lange mit Ilsa über den Preis. Kein New Yorker benötigt in der Stadt einen Pickup-Truck.

Ihre Habseligkeiten waren schnell in Kartons untergebracht und auf der Ladefläche verladen. Im Krankenhaus hatte sie sich schon vor einigen Tagen von allen verabschiedet und so konnte sie nun los.

Die ersten Kilometer aus der Stadt raus machte sie sich mit den Mucken des alten Autos vertraut und als sie aus der Stadt raus war und die Landschaft links und rechts ans sich vorbeiziehen sah, da kam so langsam ein Gefühl von Freiheit in ihr auf.

Am Ende des ersten Tages ihrer langen Fahrt nach New Mexiko übernachtete sie in einem Motel am Rande der Wüste. Die ungewohnte Stille und das Zirpen tausender Grillen machten es ihr schwer Schlaf zu finden, aber die anstrengende Fahrt forderte ihren Tribut und sie schlief bis in den Vormittag. Erschrocken wurde sie durch die gleißenden Sonnenstrahlen geweckt und der Blick auf ihre Uhr ließ sich schnell unter die Dusche springen. Nachdem sie ihre Rechnung beglichen hatte und bewaffnet mit einem Becher Kaffee und einer Tüte Donuts fuhr sie weiter. Die Landschaft war atemberaubend und sie freute sich auf ihren neuen Job. Beim Tankstopp zeigte ihr der Blick auf die Straßenkarte, dass sie noch ungefähr 400 Meilen vor sich hatte bis sie am Ziel wäre. Sie beschloss durchzufahren und nicht mehr zu übernachten. Im Laden der Tankstelle deckte sie sich mit einigen Energieriegeln, Saft und Kaffee ein und machte sich auf den Weg in ihre neue Zukunft.

Den morgigen Tag hatte sie noch frei und sie nahm sich vor, die nähere Umgebung und Nebengebäude ihrer Farm zu erkunden. Am darauf folgenden Tag plante sie dann in die Stadt zu fahren und sich dem Bürgermeister, dem Sheriff und wichtigen Honoratioren der Stadt vorzustellen.

Auch musste sie noch in der Praxis nach dem Rechten sehen und eventuell notwendige Änderungen und Arbeiten in Auftrag geben. Aber erst übermorgen. Mit diesen Gedanken schlief sie zwischen den gigantischen Federkissen und der Daunendecke ein. Ein Lächeln auf den Lippen.

Am ersten Morgen in ihrem neuen Zuhause wurde Ilsa durch strahlendes Sonnenlicht geweckt. Genüsslich streckte sie sich und schaute sich um.

Im hellen Tageslicht bewunderte sie den geschmackvollen, großen Schlafraum. Mittelpunkt darin war das große Bett aus poliertem Akazienholz, welches mit wunderschönen Schnitzereien verziert war.

Kleine Nachtschränke und eine schöne Kommode mit einem ebenfalls holzgerahmten Spiegel und ein Wandschrank komplettierten die Ausstattung.

Auf den glänzenden Holzdielen lagen hübsche, bunte Webteppiche mit indianischen Mustern. Die Tür in ihr Badezimmer war für das Auge fast unsichtbar in der gegenüberliegenden Wand eingelassen – diese hatte sie jedoch nach dem Bad am vorigen Abend offen gelassen sowie eine kleine Leuchte angelassen. Entgegen ihrer Befürchtungen hatte sie tief und fest geschlafen und war fit uns ausgeruht.

Schnell machte sie sich im Bad fertig und kochte sich eine Kanne Kaffee, wovon sie eine Tasse sofort trank und den Rest in eine Thermoskanne umfüllte. Da der Kühlschrank noch leer war, gab sie sich mit einer Packung Energieriegel und einer Dose Orangensaft zufrieden. Beides hatte sie noch in der Handtasche von der Fahrt hierher.

Einkaufen konnte sie später immer noch, jetzt wollte sie die noch angenehme Morgenluft genießen und ihr Areal erkunden.

Schnell zog sie sich feste Wanderboots an und begab sich vor die Tür. Da es noch recht früh am Morgen war, war die Luft noch angenehm und so ganz anders als in der großen Stadt. Aber sie wusste, dass die Tagestemperaturen in dieser Gegend hoch werden konnten, 40 Grad Celsius und höher waren nicht ungewöhnlich. Im Augenblick aber hinterließen die ständig leichten Winde von den Bergen ein angenehmes Gefühl auf der Haut.

Aber auch diese Stille um sie herum war ungewohnt. Kein Laut war zu vernehmen. Jetzt erst realisierte sie, von welchem Geräuschpegel sie ständig umgeben gewesen war.

Linkerhand, in ca. 300 m Entfernung konnte sie die alte Route 66 erahnen. An dieser ehemaligen Verbindungsstraße nach Corona, lagen nur noch einige kleine Städtchen. Seit dem Bau einer Interstate war die Straße nur noch wenig befahren. Eine Buslinie pendelte zweimal täglich – vor- und nachmittags – zwischen den Dörfern. Zu- und Aussteigen konnte man jederzeit. Und sie nahm sich vor, morgen den Bus zu nehmen. So würde sie mehr von der Gegend sehen und vielleicht sogar schon einige Einwohner kennen lernen können.

Ilsa wandte sich nach rechts und ging auf die große Holzscheune zu. Das kleinere Nebengebäude, das an die Küchenseite des Hauses angrenzte, würde sie später näher in Augenschein nehmen.

Knarrend öffnete sie die im Scheunentor eingelassene Tür und flirrender Staub, tanzte in den Sonnenstrahlen, welche durch die Holzschlitze in die leere Scheune blitzten. Hier gab es nichts zu entdecken.

Doch gerade, als sie die Tür wieder schließen wollte, sah sie im Augenwinkel etwas matt Glänzendes am Boden. Neugierig schob sie mit dem Fuß Strohreste und Sand beiseite. Ein Griff, es war ein eiserner Griff. Beherzt packte sie zu, stemmte ihre Füße fest auf den Boden und zog. Langsam zeigten sich die Umrisse einer Bodenluke. Ilsa legte nun ihre ganze Kraft in den Zug und Stück für Stück öffnete sich ein dunkles Loch im Boden. Ilsa hatte die Bodenplatte in der Senkrechten, als diese plötzlich mit einem Ruck nach hinten abkippte und sie sich vor Schreck auf den Hosenboden setzte. Aua, das hat wehgetan. Mit schmerzverzerrtem Gesicht schob Ilsa sich an den Rand der Öffnung und sah eine Treppe, die im Dunkel verschwand. Mühsam rappelte sie sich auf die Füße. Das musste sie sich genauer anschauen.

Sie nahm die Taschenlampe aus ihrem Rucksack und ging vorsichtig die Treppe nach unten.

Ein warmer Luftzug kam ihr auf dem Weg nach unten entgegen. Die Luft roch nicht abgestanden oder muffig, sondern war warm und trocken. Am Ende der Treppe angekommen schaute sie sich im Licht der Taschenlampe um. Zwei Schritte vor ihrer Nase baumelte eine Schnur von der Decke. Ein kurzer Zug daran und eine Leuchtstoffröhre gab, erst zaghaft flackernd, dann in gelblichem Schein, ihr Licht in einen niedrigen Kellerraum ab.

Ein Keller, es war nur ein Keller. An einer Wand standen stabile Holzregale, an der anderen Wand waren nur einige dicke graue Säcke. Bei näherem Hinschauen handelte es sich um Düngekalk. Dieser war wohl noch aus der Zeit, als auf der Farm Landwirtschaft betrieben wurde.

Ein wenig enttäuscht kletterte Ilsa die Treppe nach oben und schlug die Bodenklappe mit einem energischen Schubs wieder zu.

Die Lust auf weitere Entdeckungen war erst einmal gedeckt und ihr Magen verlangte nach etwas Essbarem.

Schnell duschte sich Ilsa den Staub aus den Haaren, zog Shorts und ein T-Shirt an und ging hinunter in die Küche. Dort schnappte sie sich ihre Handtasche und die Autoschlüssel und fuhr los, Richtung Corona. Nachdem sie die staubige Zufahrt von ihrem Haus zur Landstraße hinter sich gelassen hatte bog sie nach links ab und nach wenigen Minuten Fahrt erreichte sie das Städtchen.

Langsam fuhr sie die Hauptstraße entlang und wäre nach fünf Minuten auch schon wieder aus dem Ort raus gewesen, wenn sie nicht kehrt gemacht hätte und vor dem hübschen Holzhaus einparkte. Ein großes Holzschild über der Tür versprach Nahrung. „Blue Rock Inn" war dort in großen verschnörkelten Lettern aufgemalt.

Die Scheiben waren mit hübschen blau-weißen Vor-hängen versehen. Ein Schild mit dem Hinweis auf „Frühstück, Kaffee und Kuchen" war auf dem Bür-gersteig abgestellt. Hier war sie richtig.

Ilsa betrat das Restaurant durch die weiß gestrichene Holztür. Eine Deckenglocke läutete als sie in den Raum trat und die Tür sich langsam hinter ihr schloss. Sie nahm an einem der kleinen Holztische Platz und schaute sich um – der Raum war ebenfalls weiß gestrichen und auf den Tischen lagen kleine Platzdecken und kleine Vasen mit frischen Blumen. Alles war in den Farben blau und weiß gehalten und sah einladend aus. Der Duft nach Kaffee ließ ihren Magen knurren und sie schaute sich nach einer Be-dienung um, als aus der Küchentür, die den Gast-raum vom Küchenbereich abschloss, eine ältere Dame herbei eilte.

Sie hatte schneeweißes, kurzgeschnittenes Haar, eine blau-weiß gestreifte Rüschenschürze um und hielt eine Menükarte in der Hand, die sie Ilsa mit einem fröhlichen „Guten Morgen junge Frau" überreichte. Ilsa dankte ihr ebenfalls lächelnd und bestellte erst einmal Kaffee. Sie hatte kaum die Karte geöffnet und wollte anfangen die Gerichte zu studieren, als die nette Dame ihr einen wundervoll duftenden Kaffeebecher vor die Nase stellte. „Nun, was möchten Sie?" „Eigentlich wollte ich nur frühstücken, wenn das möglich ist." „Aber sicher meine Liebe, ich bringe Ihnen einfach unser Special-Blue-Rock-Breakfast, das sollte sie nicht enttäuschen. Es wird hier sehr gerne von den Einheimischen bestellt." Kaum ausgesprochen, drehte sich die nette Dame auf dem Absatz um und verschwand hinter der Küchentür. Derweil genoss Ilsa ihren, heißen Kaffee, der ganz vorzüglich schmeckte und schaute sich um.

Außer ihr war der Gastraum leer. Sicherlich arbeiteten die Bewohner der Stadt und hatten keine Zeit um zu Frühstücken. Mittags und abends war hier sicherlich mehr los. Sie beschloss am Abend noch einmal vorbei zu kommen. Ihr Magen knurrte laut und vernehmlich als ein köstlicher Duft nach gebratenen Eiern und Bacon in den Gastraum drang und erinnerte Ilsa daran, dass sie, außer dem Müsliriegel am Morgen, die letzte vernünftige Mahlzeit vor zwei Tagen in New York hatte.

Schwungvoll öffnete sich in diesem Moment die Küchentür als die nette, agile Dame mit einem großen Teller, hocherhoben in der rechten und einem Brotkorb in der linken Hand auf Ilsas Tisch zueilte.

„So meine Liebe, hier ihr Frühstück. Lassen sie es sich schmecken. Ich schenke dann auch gleich noch einmal Kaffee nach und wenn sie etwas wünschen, dann rufen sie einfach nach Betty, das bin ich. Betty Harmon. Mir gehört dieses kleine Restaurant seit 35 Jahren." Mit diesen Worten setzte sie Teller und Brotkorb schwungvoll vor Ilsa ab, schenke noch einmal Kaffee nach und entschwand wieder durch die Küchentür.

Ungläubig schaute Ilsa auf den Teller vor ihr. Ein Berg goldgelber Bratkartoffeln bedeckt mit zwei glänzenden Spiegeleiern, die mit drei kross gebratenen Scheiben Bacon gekrönt waren. Umkränzt war dieser Berg mit knusprigen Würstchen, einem mittelgroßen Steak, aufgeschnittenen Gurken und Tomatenscheiben. Im Brotkorb waren nicht weniger als vier Scheiben goldgelber Toast und drei Scheiben braunes Brot. Wow, dachte Ilsa, dieser Teller ist ein Mordanschlag auf jeden Menschen mit erhöhtem Cholesterinspiegel. Aber egal, ich bin gesund und ich habe Hunger und es duftet so wunderbar.

Langsam fing Ilsa an den Berg von Bacon, Ei und Bratkartoffeln abzutragen, ihr Magen füllte sich außerdem mit Steak und Würstchen. Die Gurken und Tomatenscheiben schob sie erst einmal beiseite.

Heute wollte sie schlemmen und nach einer knappen halben Stunde tunkte sie mit einem letzten Stück Brot die Reste vom Teller auf und spülte diese mit dem ebenfalls letzten Schluck Kaffee runter.

Langsam sank Ilsa in ihrem Stuhl zurück, schob den Teller in die Mitte des Tisches und schnaufte laut auf. Puh, das war köstlich gewesen. Einfach wunderbar. So etwas gab es in ganz New York nicht, da war sie sich sicher. Aber allzu oft konnte sie sich so eine Kalorienbombe nicht leisten, sonst würde sie in einigen Monaten von der Farm nach Corona rollen können. Leise lachte Ilsa und rief nach Betty.

Diese kam schwungvoll aus der Küche, packte auf dem Weg an Ilsas Tisch die Kaffeekanne vom Tresen und schenkte Ilsa noch einmal nach. „Nun junge Frau, ich sehe sie hatten Appetit." „Vielen Dank, Mrs. Betty. Es war köstlich.

Darf ich mich bitte vorstellen, meine Name ist Ilsa Clayman und ich bin die neue Ärztin hier in Corona."

Grinsend nahm Betty ihr gegenüber Platz und schenkte sich ebenfalls eine Tasse Kaffee ein.

„Das dachte ich mir schon meine Liebe. Es kommen nicht viele Fremde hier zum Frühstücken und als gestern Abend am Tresen erzählt wurde, dass ein Pickup mit Kartons auf die alte Desert-Oak-Farm gefahren sei, dachte ich mir schon dass sie das sind. Ihr Pickup hat sie verraten als sie vorm Fenster parkten. Ich sah, dass noch einige Kartons auf der Ladefläche stehen und zählte eins und eins zusammen. Übrigens, das Frühstück, das geht auf mich, als kleines Willkommen sozusagen."

Mit einem Kloss im Hals dankte Ilsa Betty: „Ganz herzlichen Dank Betty. Das ist sehr freundlich von Ihnen. Ich komme ganz sicher am Abend noch einmal auf ein Bier vorbei. Jetzt muss ich dringend einiges einkaufen, denn jeden Morgen so ein Frühstück und ich gehe auseinander wie ein Hefekloß." Lachend verabschiedeten sich die beiden Frauen voneinander und Ilsa war ganz warm ums Herz. So eine Herzlichkeit gab es in der großen Stadt nicht. Dort hasteten die Menschen aneinander vorbei und jeder ging seiner Wege ohne nach links oder rechts zu schauen.

Betty hatte ihr gesagt, sie solle sich nach links wenden und ein paar Häuser weiter, auf dieser Straßenseite wäre der kleine, aber feine, Lebensmittelladen von Annie Garcia. Als sie sich umschaute entdeckte sie auf der gegenüberliegenden Straßenseite ein massives Steingebäude. Rechts der Eingangstür war ein goldglänzendes Schild mit dem Sheriff-Emblem angebracht, darunter eingraviert war der Name des momentanen Sheriffs, Carlos Velazques. Spontan beschloss sie, sich heute schon kurz vorstellen und überquerte lächelnd im Schlenderschritt die Fahrbahn.

Es war so ganz anders hier als in New York. Die Sonne lachte vom stahlblauen Himmel. Es war nicht eine Menschenseele oder ein motorisiertes Fahrzeug zu sehen oder zu hören. Nur das Säuseln des Windes und leises Vogelgezwitscher drangen an ihr Ohr.

Na holla, was ist das denn für eine Schönheit? Dieser erste Gedanke blitze durch Carlos Velazques Kopf als er die zierliche Person in sein Büro treten sah. Schmale Hüften und lange Beine steckten in engen Jeans und Boots. Ein weißes Tank-Top verhüllte feste Brüste, ließ aber genug Freiraum für heiße Gedanken. Langes, glattes Haar fiel über schmale Schultern und einen geraden Rücken. Die mandelförmigen Augen die ihn anschauten waren umwerfend. So ein Blau hatte er noch niemals gesehen, fast violett. Hohe Wangenknochen modellierten das ebenmäßige Gesicht. Carlos wurde heiß und er wusste, es war nicht die Sommerhitze.

Die Tür schloss sich hinter Ilsa und hinter einem Schreibtisch mit riesigen Ausmaßen erhob sich ein großer Mann in mittleren Jahren.

Dies musste wohl Sheriff Velazques sein. Mit drei Schritten durchmaß der große Mann den weiten Raum und stahlblau leuchtende Augen blitzen Ilsa interessiert an. Ein Netz von Lachfalten überzog das braungebrannte, attraktive Gesicht des Mannes, welches von dunklen, braunen Locken umrahmt wurde. Ein Dreitage-Bart sprießte auf einem markanten Kinn mit Grübchen. Kräftige Arme schauten aus den hochgerollten Ärmeln eines rotkarierten Hemdes hervor, auf dessen breiter, linker Brustseite ein goldglänzender Sheriffstern angesteckt war. Bei einem schnellen Blick nach unten – über einen straffen Bauch und langen, muskulösen Beinen in verblichenen Jeans - erblickte Ilsa Cowboystiefel – wow, die hatten die Ausmaße von Texas.

Ilsa kniff sich fest in den Arm. Sie musste stark an sich halten um nicht laut lachen zu müssen. Fehlten nur noch die Sporen und die Illusion in einen alten Western geraten zu sein wäre perfekt. Dieser Mann war eine gelungene Mischung aus Sean Connery und Tom Selleck. Testosteron pur. Ein wahr gewordener Frauentraum. Corona gefiel ihr von Minute zu Minute besser.

Ilsa stellte sich vor und lehnte die Einladung auf einen Kaffee mit der Begründung ab, dass sie bereits bei Mrs. Betty hervorragend verköstigt worden war. Dies quittierte Sheriff Velazques mit einem lauten Lachen und einer Einladung auf ein Glas am Abend bei Mrs. Betty. Während des kräftigen Händeschüttelns verschwand ihre Hand vollständig in der riesigen Handfläche des sympathischen und verdammt gutaussehenden Sheriffs.

„Na, junge Frau, schön, dass sie angekommen sind. Eigentlich hatte ich sie erst morgen zum Antrittsbesuch erwartet. Aber wenn sie schon einmal da sind, dann zeige ich ihnen mal ihren neuen Arbeitsplatz bei uns." Locker nahm Sheriff Velazques Ilsas Arm und geleitete sie zwei Häuser weiter.

Ein hübsches hellblaues Haus mit einer dunkelblauen Tür war das Ziel. Lächelnd übergab der Sheriff Ilsa einen Schlüsselbund „na dann schließen sie mal selbst auf". Freudig nahm Ilsa den Schlüssel und sie betraten einen hübschen Vorraum mit einer großen Garderobe. Bequeme Stühle standen aufgereiht an den Seitenwänden, eingerahmt von glänzenden Grünpflanzen. Ein Tresen mit Arbeitsplatte, PC sowie Schubladen-Unterschränke und ein großes Regal für Ordner war ebenfalls vorhanden und funkelnagelneu. Dieser Arbeitsplatz würde wohl jede Sprechstundenhilfe freudig ihren Job erfüllen lassen.

Ein schöner und funktioneller Raum, der gleichzeitig als Anmeldung und Warteraum fungierte. Außerdem gab es noch einen großen und hellen Behandlungsraum, der auf den ersten Blick alle notwendigen Gerätschaften zu enthalten schien. Ein zweiter Raum war mit Schreibtisch, Regalen, PC und Drucker ausgestattet und sollte als Büro dienen. Eine hübsche Sitzgruppe mit Sofa vervollständigte das ansprechende Bild.

„Das Mobiliar haben die Stadtväter neu angeschafft, als klar war, dass uns zukünftig eine Ärztin betreuen wird." Lachend, mit weit ausgebreiteten Armen drehte Sheriff Velazques sich und Ilsa folgte ihm mit den Augen. „Sehr hübsch, die Einrichtung als auch die Ausgestaltung gefallen mir sehr gut." Ilsa war hoch erfreut was ihr breites und offenes Lächeln zeigte.

„Kann ich mir auch noch bitte die Räumlichkeiten für meine Coroner-Tätigkeit anschauen, Sheriff?"

„Aber sicher doch, gleich hier im Nebengebäude. Das ist ganz bequem durch die Seitentür miteinander verbunden." Ilsa folgte dem Sheriff in das Nebengebäude. Auch hier war ein moderner und funktioneller Untersuchungsraum eingerichtet worden. Sogar eine kleine Kühlkammer war vorhanden, die Platz für zwei bis drei Liegen bot.

„Nun dann, schöne Frau, auf eine gute und lange Zusammenarbeit." Mit diesen Worten streckte Sheriff Velazques nochmals seine Hand aus. „Übrigens, hier auf dem Land duzen wir uns alle, und da wir künftig sehr eng miteinander arbeiten werden und ich wohl auch der Ältere bin, nenn mich bitte Carlos." „Ilsa, ich bin Ilsa. Ilsa, wie Ingrid Bergmann in Casablanca. Ja, aber das ist eine längere Geschichte, die ich Ihnen... ah, Dir irgendwann gerne einmal erzählen werde. Natürlich nur, wenn Du sie hören möchtest." Mit einem breiten Lächeln schaute Ilsa in Carlos blaue Augen, „entschuldige bitte mein Plappern, aber ich bin so aufgeregt und erfreut, dass …" „Kein Problem kleine Lady" lachte Carlos und schaute Ilsa mit bewunderndem Blick an. „Wir werden noch viel Zeit miteinander verbringen und dann können wir uns unsere Geschichten erzählen."

Langsam gingen Carlos und Ilsa zurück ins Sheriffs Office. „Es gibt hier noch zwei Deputy's – Will Hernandez und Marcus Benckee. Sind gerade unterwegs, aber wenn Du morgen Mittag bei den Stadtoberen bist, dann stelle ich Dir beide höchstpersönlich vor." Lächelnd und mit festem Händedruck verabschiedete sich Ilsa von Carlos und wandte sich dem kleinen Lebensmittelgeschäft gegenüber zu.

Bevor sie die Straße überquerte schaute sie gewohnheitsmäßig nach links und rechts, aber hier war kein Fahrzeug weit und breit in Sicht. Die Straße lag silbern glänzend im Sonnenlicht. Ein paar Fußgänger waren auf den Gehwegen unterwegs, aber ansonsten bot sich ein ruhiges und friedliches Bild. Lächelnd erinnerte sie sich noch einmal kurz an den Lärm und Betrieb auf den Straßen New Yorks. Zwei komplett andere Welten.

Eine kleine Türglocke bimmelte als Ilsa den Laden betrat. Unmittelbar in die Vergangenheit zurückversetzt kam sie sich vor. In diesem Laden gab es wohl vom Kochtopf über Matratzen, Holzpaddel, Angeln, Motorsägen und Strohhüten alles was das Herz begehrte.

Hinter der – mit großen Bonbongläsern dekorierten – Holztheke schauten sie zwei blaue Augen neugierig an.

„Guten Tag junge Frau, Sie sind wohl die neue Ärztin. Ich habe Sie mit Carlos gegenüber reingehen sehen. Schauen Sie sich nur um und wenn Sie etwas nicht finden, fragen Sie, es gibt nichts, was ich nicht besorgen könnte. Übrigens, nennen Sie mich bitte Annie, das tun alle hier."

„Guten Tag Miss Annie, ich bin Ilsa, Ilsa Clayman. Ja, ich bin die neue Ärztin und auch Coroner für das County."

Die Ladeninhaberin, Annie Garcia, war eine kleine Person, deren freundliches Gesicht von Lachfalten übersät war. Es war unmöglich ihr Alter zu schätzen. Sie konnte 60 Jahre alt sein, aber genauso gut auch 80. Wundervolles, dichtes weißes Haar umgab ihren Kopf wie eine Wattewolke. Die etwas zu groß geratene Latzhose und ein kariertes Holzfällerhemd sahen an der zierlichen, älteren Dame aber keineswegs merkwürdig aus, eher wirkte es so, als ob sie noch nie etwas anderes getragen hätte.

Lächelnd ging Ilsa durch die Regale und ließ die Vielfalt der angebotenen Waren erst einmal auf sich wirken. Schließlich nahm sie einige Lebensmittel und Diverses für den Haushalt aus den Regalen und stapelte alles auf der Theke. „Annie, sie hätten nicht auch Alkohol in Ihrem Sortiment?" Zwinkernd griff die alte Dame unter den Tresen und stellte Ilsa eine Flasche

Gin und zwei Flaschen Whiskey zur Auswahl auf die Theke. „Kaltes Bier findest Du hinten links in der Kühltruhe. Dort sind auch einige Softdrinks."

Völlig selbstverständlich duzte die reizende Annie Ilsa und zeigte dabei alle ihre Lachfalten. Ilsa stellte noch zwei Sixpack Bud Light und schob von den Whiskeyflaschen eine Flasche Jack Daniels zu ihren Einkäufen. „Was ist Dir lieber Annie? Ein Scheck, Kreditkarte oder Cash?" „Ach was, Du zahlst wie alle anderen auch am Ende des Monats einmal mit Scheck. So habe ich nie Bargeld in der Kasse und da das in und um Corona alle wissen, kommt auch keiner auf die Idee mich ausrauben zu wollen." „Eine gute und großzügige Regelung" erwiderte Ilsa und packte ihre Einkäufe in zwei große Tüten.

Mit einem herzlichen „Bye, bis morgen" verabschiedete sie sich von der wunderbaren Miss Annie und fuhr gemächlich zurück auf die Farm.

Den Abend verbrachte sie mit einem Imbiss, kühlem Bier und einem kleinen Glas Whiskey auf der Veranda und schaute einem grandiosen Sonnenuntergang am Horizont zu. Die Einladung von Sheriff Velazques hatte sie völlig vergessen.

Am kommenden Tag lernte Ilsa die Stadtoberen und auch die beiden Deputy's kennen. Die Damen und Herren nahmen sie herzlich in ihrer Mitte auf und wünschten ihr Erfolg für die Position des Coroners und als Landärztin.

Zwei Tage später begann Ilsa ihre Arbeit in der Praxis. Die Zeit ging ins Land, auf heiße Sommer folgten angenehme Winter unterbrochen von erfrischenden Frühlingszeiten und trockenen Herbsten. Jahre vergingen.

Ilsa hatte sich schnell in die Gemeinde eingefunden und gut eingearbeitet. Sie war bei den Familien in Corona gern gesehen. Sogar Patentante von zwei kleinen Mädchen war sie bereits. Besonders zu Miss Annie hatte sich eine besonders herzliche und innige Beziehung entwickelt. Miss Annie kannte ihre Geschichte, wie sie gefunden worden war und die Zeit im Heim und Ilsa war glücklich. Dachte sie doch, dass sie die Mom gefunden hatte, die sie immer vermisste. Aber Annie hatte selbst eine große Familie. Sie hatte indianische Wurzeln und als eine ihrer Nichten bei ihr einzog, hatte sie nicht mehr so viel Zeit für Ilsa, wie diese gerne gehabt hätte. Die Beziehung wurde lockerer und Ilsa zog sich zurück.

Immer öfter, wenn sie abends in ihr schönes Zuhause kam, kam der Wunsch nach einer Familie auf. Nach den Menschen die Ihre Verwandten waren. Wer waren ihre Mom und ihr Dad? Hatte sie noch Geschwister, Großeltern, Nichten, Neffen, Cousinen? Menschen mit denen sie all das Schöne teilen konnte. Aber das würde sie niemals erfahren. Sie war ja ein Waisenkind, ein Findelkind, das niemand je hatte haben wollen.

Es war einer jener Tage, an denen Ilsa sich besonders alleine fühlte. Sie dachte an Ihre Zeit in New York zurück, an die Ausbildung, die viele Arbeit, den Stress und plötzlich durchfuhr sie ein Gedanke. Wozu hatte sie denn die vielen Monate in der Pathologie verbracht und geforscht und probiert? Warum nicht dieses Wissen weiter für sich nutzen? Ihre geheimen Forschungen seinerzeit waren nie zutage getreten. Wahrscheinlich lagen die vier Leichen immer noch in den Kühlkammern der alten Pathologie und würden nie entdeckt werden. Für sie war die Zeit gekommen sich Ihren sehnlichsten Wunsch zu erfüllen.

Die nächsten Wochen plante Ilsa den Umbau des Nebengebäudes, das sich an der Küchenseite des Hauses befand und jederzeit und bei jedem Wetter bequem durch eine Seitentür betreten werden konnte. Im Internet ersteigerte sie die fast komplette Ausstattung aus einer Praxisauflösung für kleines Geld. Die Einbauarbeiten und Renovierung der Räumlichkeiten übernahm eine kleine Handwerkerfirma aus der Gegend.

Carlos und Miss Annie, die ihre einzigen aber ständigen Besucher auf der Farm waren, erzählte sie, dass sie sich eine kleine Forschungsstation einrichte um nicht immer in die Stadt zu müssen und so jederzeit ungestört in ihrer Freizeit arbeiten könne. Sie habe bereits in New York an diesem Projekt gearbeitet und hier draußen wäre sie unabhängiger, müsste nicht immer erst in die Stadt fahren, wenn sie etwas überprüfen müsse und sie würde außerdem nicht die Ausstattung der Stadt abnutzen.

Carlos meinte darauf hin nur: „Na wenn wir da nicht bald eine zukünftige Nobelpreisträgerin zu unseren Einwohnern zählen können ..."

Dies konnte ihr auch nur mehr als recht sein, denn was sie vorhatte, würde, wenn es ans Tageslicht käme, Abscheu und Entsetzen in der kleinen Gemeinde hervorrufen und Carlos würde keine Sekunde zögern, sie dafür hinter Gitter zu bringen.

Corona, 2015

Endlich war der Umbau bzw. die Umgestaltung des Anbaues fertig. Stolz schaute Ilsa sich ihren ganz privaten Pathologieraum an. Alles blinkte und blitzte und war an seinem Platz. Nun konnte sie Schritt Zwei in Angriff nehmen. Ihre ganz private Familienplanung.

Samstag. Wochenende. Leise summend stand Ilsa in ihrer Küche und rührte in einem Krug mit frischer Zitronen-Limonade. Upps, da wäre ihr doch beinahe ein Malheur geschehen. Kurz bevor sie den Löffel ablecken wollte zuckte sie zurück und legte diesen in die Spüle. Immer diese Automatismen dachte sie, nahm den Krug und stellte ihn in den Kühlschrank. Alles war vorbereitet für den Besuch, den sie in Kürze erwartete. Noch schnell ein paar Kekse auf den Tisch, fertig.

Immer noch lächelnd setzte Ilsa sich auf die vordere Veranda und schaute in Richtung Auffahrt. Bald musste sie kommen. Die herzliche Dame, die sie als ihre Mom auserkoren hatte.

Es dunkelte bereits, als Ilsa müde aber zufrieden und glücklich den Anbau sorgfältig abschloss und sich ins Haus begab.

Rückblickend auf den Tag war es perfekt gelaufen: wie erwartet wirkte das Phenobarbital sehr schnell und zuverlässig. Nach nur einem halben Glas der kühlen Zitronen-Limonade verdrehte Annie die Augen und sackte auf dem Küchenstuhl zusammen. Die Dosierung war perfekt.

Rasch packte Ilsa die bewusstlose Annie in den Rollstuhl, den sie außer Sichtweite in der Vorratskammer geparkt hatte, und rollte mit ihr aus der Küchentür hinaus. Ganz bequem aus der Seitentür hinüber in den Anbau, ihrem noch jungfräulichen Arbeitsplatz.

Behutsam und unter strengsten, hygienischen Vorschriften ging Ilsa ans Werk. Sie ließ sich Zeit und nach gut sieben Stunden – inklusive kompletter Reinigung des Raumes – schob sie Miss Annies Körper in eines der Kühlfächer.

Eine Tasse Kaffee und ein Imbiss munterten sie etwas auf, denn eines musste sie heute Nacht noch erledigen. Langsam holte Ilsa den grünen Sack, den sie beim Verlassen des Anbaus an der Tür deponiert hatte, und warf ihn auf die Ladefläche ihres Pick-Ups. Annies Fahrrad – gegen eventuelle neugierige Blicke mit einer Plane abgedeckt - hatte sie am Vormittag schon darauf verschwinden lassen.

In fast schon euphorischer Stimmung schwang Ilsa sich hinter das Steuer und fuhr los. Hinaus in die Wüste, Richtung Berge.

Hell und groß – wie ein Lampion – stand der Mond am Himmel, Millionen Sterne funkelten als Ilsa den Pick-Up Stunden später wieder vor dem Haus parkte. Den Beutel mit den Innereien Annies und deren Fahrrad hatte sie in einer der Felsspalten in den Bergen entsorgt. Die Tiere und die Witterung würden sich darum kümmern.

Müde schleppte sich Ilsa ins Haus, duschte noch und ging zu Bett. Ihr letzter Gedanke an diesem ereignisreichen Tag: Morgen, morgen werde ich meine Mom noch umbetten und dann hieß es warten.

Lautes Klopfen ließ Ilsa am nächsten Morgen hoch-
schrecken. Verwirrt schaute sie sich um, helles Sonnenlicht drang durchs Fenster in den Schlafraum.
Und wieder hörte sie ein deutliches und nachdringli-
ches Klopfen unten an der Eingangstür. Als sie mit
einem schnellen Ruck das Bett verlassen wollte entwich ihr ein lautes „Au". Sie hatte das Gefühl eine
Dampfwalze habe sie überrollt. Alles tat ihr weh und
hinter ihrer Stirn schien ein Presslufthammer
Schwerstarbeit zu verrichten. Mühsam warf sie den
Morgenmantel über die Schultern und lief so schnell
es ihr möglich war nach unten.

„Carlos, was tust Du denn hier um diese Uhrzeit?"
„Na holla, da hat wohl jemand gestern zu tief ins Glas
geschaut." Grinsend stand Carlos vor ihr und um
seine stahlblauen Augen zeigten sich Lachfältchen.
„Nein, nein, wo denkst Du hin, ich war gestern wohl
nur zu lange unterwegs. Auf meinem Fußmarsch in
Richtung der Berge hatte ich den Weg und die Zeit

unterschätzt und war erst bei Anbruch der Dämmerung wieder zuhause." „Ilsa, wie lange bist Du jetzt hier in der Gegend zuhause? Und als Ärztin solltest Du doch genau wissen, was man sich bei den Temperaturen hier zumuten kann. Ich hätte nicht minder Lust, Dich dafür übers Knie zu legen, aber Du bist wohl schon gestraft genug" schimpfte Carlos mit ihr, wie mit einem kleinen Kind. Er wusste ja nicht, was sie gestern den ganzen Tag wirklich beschäftigt hatte und wahrscheinlich hatte sie sich in der kühlen Umgebung des Anbaus nur eine Erkältung eingefangen.

„Kaffee?" „Ja, gerne." Mit geübten Handgriffen füllte Ilsa die Kaffeemaschine und schaute sich unauffällig in ihrer Küche um. Es war kein Zeichen ihres gestrigen Besuches zu entdecken. „Was treibt Dich denn bitte zu so früher Stunde hier heraus, Carlos? Wenn man mich in der Praxis braucht, dann hätte doch ein Anruf genügt." „Nun ja, ich kam gerade hier vorbei und wollte nachfragen, ob Du etwas von Miss Annie gesehen oder gehört hast. Sie wird vermisst."

„Miss Annie? Nein, was ist denn passiert?" Langsam hantierte Ilsa auf der Küchentheke, den Rücken Carlos zugewandt, und versuchte eine unbeteiligte aber interessierte Miene auf ihr Gesicht zu bringen.

„Hier Dein Kaffee, Zucker steht hinter Dir." „Danke. Miss Annie hat heute Morgen ihren Laden nicht geöffnet und niemand hat sie seit vorgestern Abend gesehen. Da war sie noch auf einen Feierabendtrunk bei Betty und ab da … nichts mehr. Auch gestern war sie nicht im Sonntags-Gottesdienst, obwohl diesen besucht sie nicht regelmäßig, so dass es erst heute Morgen auffiel, als Betty die Zeitungen für das Restaurant holen wollte."

„Also da kann ich Dir leider auch nicht weiter helfen. Ich war ja gestern auf meiner Tour in die Berge unterwegs. Aber begegnet ist mir keine Menschenseele. Tut mir leid, Carlos." „Tja, danke für den Kaffee, dann mache ich mich mal wieder auf den Weg und schaue, ob die Suchtrupps mittlerweile etwas gefunden haben. Wenn Du etwas hörst oder siehst, ruf mich an."

„Ja sicher Carlos, das mache ich sofort, ich weiß doch wie gern Du Miss Annie hast und wenn ihr Hilfe braucht, ich bin heute zuhause und schone mich ein wenig von der gestrigen Tour. Mein Handy habe ich aber immer griffbereit." Mit besorgtem Gesichtsausdruck ging Ilsa auf Carlos zu und umarmte ihn zum Abschied, dabei drückte sie ihn fest, und hinter seinem Rücken konnte man ein fast unsichtbares Lächeln auf ihren Lippen sehen.

Sie würden Annie nie finden. Denn Miss Annie war nicht mehr Miss Annie. Miss Annie war jetzt Mom.

Während Carlos langsam, trockenen Wüstenstaub aufwirbelnd, davon fuhr schenkte Ilsa sich noch einen Kaffee ein und schaute ihm nach, bis er die Abzweigung Richtung Corona erreicht hatte und abbog. So schnell es ihr mit schmerzverzerrtem Gesicht möglich war, lief sie nach oben. Im Badezimmer-schrank warf sie zwei Ibuprofen gegen die Schmerzen ein. Hoffentlich war es wirklich nur eine beginnende Erkältung, die sie in ihrem Kopf und den Knochen verspürte.

Nach einer heißen Dusche zog sie sich nur Shorts und einen alten Arztkittel an. Langsam betrat sie durch die Seitentür ihren Anbau. Brrr, war es hier kalt. Aber, alles blitzte und blinkte. Kein Wunder, dass ihr alle Knochen wehtaten, daran war nicht nur die Kälte schuld. Sie hatte gestern mehr als sorgfältig sauber gemacht. Nun gab es nur noch eines zu erledigen. Mom musste „haltbar" gemacht werden für das große Fest, das sie in einigen Monaten plante.

Fast lautlos zog Ilsa die Schublade der Kühlkammer auf und schaute auf das vor ihr liegende Gesicht. Die Augen waren geschlossen und es schien fast, als lächle Mom sie an. Langsam hob Ilsa den in ein weißes Abdecktuch gehüllten Körper von dem Edelstahlbett und setzte Mom in den Rollstuhl.

Behutsam schob Ilsa diesen mit Mom hinaus Richtung Scheune. Hier musste sie schnell sein, denn sie wusste nicht, in wie weit sich Insekten – speziell Fliegen – hier in der Luft befanden und den Leichnam besiedeln würden. Sollte dies geschehen, dann war die ganze Arbeit umsonst gewesen.

In der Scheune öffnete Ilsa die Bodenabdeckung und nahm Mom auf die Arme. Schwer war sie nicht und schnell überwand sie die Treppe hinunter in den Keller. Sanft ließ Ilsa den Körper zu Boden und in eine der fünf ausgehobenen flachen Gruben gleiten. Diese hatte sie schon vor Wochen vorbereitet, lange bevor sie Miss Annie als erste Bewohnerin auserkoren hatte. Am Kopfende jeder Grube befand sich ein großer grauer Sack mit Düngekalk. Ilsa öffnete den Sack am Kopf von Mom und kippte ihn großzügig über den gesamten Körper. Sorgsam verteilte sie diesen anschließend noch mit einem Laubrechen.

Als der Körper vollständig unter dem Düngekalk verschwunden war sprach Ilsa ein kurzes Gebet, das ihr noch aus der Zeit im Waisenhaus im Kopf geblieben war:

Maria, meine liebste Mutter
gib mir dein Herz, so schön, so rein, so unbefleckt,
so voller Liebe und Demut
damit ich wie du Jesus empfangen kann
und damit ich eile, ihn anderen zu bringen. Amen.

(Mutter Teresa)

Langsam schloss Ilsa die Bodenplatte, stellte den Rollstuhl im Anbau ab und verschloss die Tür. Erschöpft und nachdenklich setzte sich auf die vordere Veranda in den restaurierten Schaukelstuhl.

Nun fehlten noch Dad und Josh, ein Bruder und vielleicht noch eine Schwester oder zwei. Sie hätte schon immer gerne einen älteren Bruder namens Josh gehabt. Sie musste nachdenken.

Und bei gemächlichem Schaukeln ging sie im Kopf die Einwohner von Corona durch. Wer sollte Dad, und wer sollte Josh, ihr großer Bruder, werden? Oder sollte sie auf den nächsten natürlichen Todesfall warten? Aber es hatte ja alles so wunderbar problemlos funktioniert mit Miss Annie/Mom. Es musste ja auch jemand sein, den sie mochte. Nun ja, morgen war auch noch ein Tag und sie war müde.

Paradise Cove

Energisch drückte Maggie den „Senden"-Button auf ihrem Laptop und lehnte sich zufrieden zurück. So, das sollte Lionel erst einmal beschäftigen und ihr ein wenig Luft verschaffen um darüber nachzudenken, wie es mit Ilsa und ihrer Familienplanung weitergehen konnte und sollte.

Momentan hatte sie aber auch so gar keine Lust sich eine Geschichte auszudenken bzw. mörderisch tätig zu werden. Sie war viel lieber draußen am Strand und machte lange Spaziergänge oder saß bei Billy am Hafen vorm Café und schaute dem Treiben der ein- und auslaufenden Schiffe zu. Die kleinen Schwätzchen mit Billy oder dem ein oder anderen Einwohner waren Unterhaltung genug für sie. Eigentlich wollte sie im Augenblick nur so in den Tag hinein leben und das Leben vorüber ziehen lassen, ohne Stress und ohne Verpflichtungen. Nur leider hatte sie Verträge und Lionel im Nacken und musste, ob sie wollte oder nicht, diesen Verpflichtungen nachkommen.

Ein Blick auf die Uhr und ein Grummeln im Magen sagten ihr, dass es Zeit war für einen kleinen Imbiss. Und plötzlich hatte einen den Geschmack im Mund, der sie an die alte Heimat erinnerte. Leicht sprang sie aus ihrem Lieblingssessel und lief lächeln in die Küche. Ja, es war alles da was sie benötigte um diese plötzlichen Gelüste zu befriedigen. Während sie Teewasser aufsetzte und das Weißbrot von seiner Rinde befreite, kam auch schon Molly angewackelt und rieb ihr Köpfchen an Maggies Beinen. „Ja, meine Kleine, für Dich habe ich einen ganz besonderen Leckerbissen den Du noch gar nicht kennst." Zügig schnitt sie die Weißbrot-Ränder in kleine Stücke und versenkte diese in einem Schälchen zimmerwarmer Milch. Misstrauisch umrundete Molly die Schüssel und versuchte die kleinen Brotstück heraus zu angeln. Das Unterfangen schien aber schwieriger als gedacht. Lachend bestrich Maggie die randlosen Brotscheiben mit etwas Butter und belegte diese mit Gurkenscheiben. Noch nette Dreiecke geschnitten und die englische Tea-Time war fast perfekt. Das kochende Wasser über den Tee in der Kanne, diese und eine Tasse, Milch und Zucker aufs Tablett und England ließ grüßen. Gurken-Sandwiches und Tee, in London hatte sie mindestens dreimal pro Woche diese Köstlichkeit zu sich genommen. Warum sie gerade heute die Erinnerung danach so deutlich überfiel, keine Ahnung? Nur nicht darüber nachdenken, sondern genießen war angesagt. Maggie stellte noch den Teller mit den kleinen, feinen Sandwiches aufs Tablett, schnappte es sich und ging mit hinaus auf die Veranda. Ein Blick nach unten zeigte ihr, dass Molly das Angeln mittlerweile aufgegeben und die kleine Schnauze tief in dem Milch-Schälchen versenkt hatte. Ein leises Schlabbern und Schmatzen zeugte davon, dass es ihr ausgezeichnet schmeckte.

Zufrieden ließ Maggie sich in dem alten, knarrenden Schaukelstuhl nieder, stellte das Tablett neben sich auf das Beistelltischchen und goss sich eine Tasse Tee ein. Etwas Milch und Zucker dazu und dann das erste Gurken-Schnittchen. Mit geschlossenen Augen genoss sie den ersten Bissen und urplötzlich dachte sie an London zurück. An die unangenehmen Umstände, die sie veranlasst hatten *das Land schnell und ohne Aufsehen zu verlassen. Aber aus den unglücklichen Umständen war ihr Glück geworden. Ihr erstes Buch, das sie kurz darauf veröffentlichte, brachte den Durchbruch und niemand fragte nach warum sie England so Hals über Kopf verlassen und sich in Maine niedergelassen hatte. Die vergangenen fünf Jahre waren voller Trubel um ihre Person und das Buch vorüber gegangen. Die Filmproduktionen der drei Geschichten waren spannend aber auch anstrengend gewesen. Als aufgehender Stern in der Literaturszene war sie in Shows herumgereicht worden. Eine Veranstaltung folgte der nächsten und sie fühlte sich ausgelaugt. Nicht nur vielleicht sondern ganz bestimmt sogar hatte sie zu schnell zugesagt ein neues Buch zu schreiben und den Vertrag übereilt unterschrieben. Aber Lionel war einfach zu drängelnd gewesen und irgendwie hatte sie das Gefühl, dass er ein Nein nicht akzeptiert hätte. Irgendwie schwebte die Vergangenheit über der Zusammenarbeit mit ihm. Er wusste nichts, konnte nichts wissen. Aber sie konnte ganz deutlich spüren, dass er ahnte, dass die erste Geschichte ihres Buches nicht nur Fiktion war.*

Während die Gedanken durch ihren Kopf wirbelten ver-speiste sie unbewusst ihr Gurken-Sandwich und trank den Tee. Der Genuss war in den Gedankenwirbeln völlig un-tergegangen und ein wenig traurig schaute sie auf den lee-ren Teller und die Tasse.

Sie musste einen Entschluss fassen, wenn sie in diesem Tempo weiter machte, dann wäre sie in ein paar Jahren mit ihren Kräften am Ende und würde wohl auch keine ver-nünftige Zeile mehr zu Papier bringen können. Während sie grübelnd auf den Horizont schaute, klingelte das Tele-fon. Dem Display konnte sie entnehmen wer sie da aus ih-ren Gedanken holte.

Lionel: „Maggie, ich bin begeistert. Die ersten Kapitel sind wunderbar. Wann kannst Du mir mehr liefern? Ich denke schon darüber nach, ob wir den Veröffentlichungstermin nicht vielleicht vorverlegen." „Halt, Stopp. Lionel, ich habe mir wirklich schwer getan mit dem was ich Dir heute zukommen ließ. Eine Vorverlegung kommt überhaupt nicht infrage. Ich kann momentan keinen klaren und zu-sammenhängenden Gedanken fassen.

Ich brauche Zeit und Muße zum Nachdenken. Meine Leser erwarten keine Larifari-Geschichte sondern eine Geschichte die sie fesselt und von der ersten bis zur letzten Zeile nicht mehr loslässt."

„Hm, meine Liebe, wenn Du das so siehst." Eine kurze Pause auf beiden Seiten Hörers. „Liebes, über den Veröffentlichungstermin lasse ich mit mir reden, allerdings bedenke, dass dieser Termin in drei Monaten gehalten werden muss. Auch von Dir. Die Konventionalstrafe ist einfach zu hoch, als dass Du Dir dies erlauben könntest. Ach ja, und mal nebenbei gefragt, hast Du vielleicht etwas von Stephen gehört?"

Da war es, sie hatte es gewusst, dieser letzte Satz war eindeutig eine Drohung. Blitzschnell fasste sie einen Entschluss. „Nein Lionel, ich habe nichts von Stephen gehört. Nach seinem Verschwinden vor fünf Jahren habe ich weder ein Wort noch eine Zeile erhalten. Aber wie wäre es denn, wenn Du am Wochenende für ein paar Tage rüber kämst und wir alles persönlich besprechen würden? Das Wetter ist zurzeit wunderbar hier und wir könnten bei Strandspaziergängen darüber sprechen, wie wir unsere zukünftige

Zusammenarbeit für beide Seiten angenehmer gestalten können."

„Maggie, Du sollst nicht spazieren gehen, sondern Du sollst schreiben. Aber die Idee ist perfekt. Ich muss hier nur einige Termine umlegen und dann kann ich einen Flug am Freitag nehmen und bis Mittwoch kommender Woche bei Dir bleiben. Ich bringe dann auch den neuen Vor-Vertrag für die Verfilmung Deines neuen Buches mit. Also bis dann meine Liebe, hier klingelt es auf der anderen Leitung. Wir sehen uns dann Freitag. Da ich nicht weiß, welchen Flieger ich bekomme, komme ich direkt zu Dir nach Paradise Cove. Also keine Umstände mit abholen, oder ähnlichem. Wohnen kann ich doch sicher bei Dir."

„Ok, Lionel, dann bis Freitag, ich freue mich und das Gästezimmer steht Dir jederzeit zur Verfügung."

Stirnrunzelnd legte Maggie den Hörer beiseite und holte sich eine Strickjacke.

Die Hände tief in den Taschen vergraben lief sie den Strand entlang. Hinter der gesenkten Stirn liefen ihre Gedanken Sturm. Wie konnte er es wagen ihr so subtil zu drohen. Maggie war wütend wie lange nicht mehr.

Der letzte Mensch, der sie so wütend gemacht hatte war Stephen, ihr Ehemann. Und Lionel wagte es, ihr verdeckt zu drohen. Wie konnte er - er lebte von ihrem Gedankengut, er verdiente an jedem verkauften Buch mit und die Provision der Filme hatte ihn zu einem reichen Mann gemacht. Nun denn, dann musste sie hier wohlüberlegt an die Sache rangehen. So nicht mein Freund. Nicht mit Maggie Barrisford.

„Hoppla, junge Frau. Welche Laus ist Dir denn über die Leber gelaufen?" Erschrocken schaute Maggie auf. Da war sie fast über Billy gestolpert, der am Strand saß und seinem

Golden Retriever Sonja beim Spiel in den Wellen zuschaute. „Hi Billy, alles in Ordnung. Bin nur in Gedanken bei meinem Buch."

„Hast Du schon gehört, was passiert ist?" fragte Billy sie und klopfte mit Hand auffordernd neben sich in den Sand. „Nein, erzähl." Maggie ließ sich neben Billy nieder und schaute ihn fragend an.

„Abe Finkelstein und seine Frau Christine werden vermisst." „Vermisst? Seit wann? Was ist passiert?" „Ihre Tochter Sara hat die beiden heute Morgen beim Sheriff als vermisst gemeldet nachdem sie zwei Tage nichts von ihnen gehört hatte und sie auch über Funk oder Handy nicht erreichbar waren." „Wo wollten sie denn hin?" „Sie wollten mit dem Boot rüber nach Sister Island und dort ein paar Tage campen. Aber dort sind sie wohl nie angekommen. Der Sheriff und sein Deputy waren heute Morgen drüben, aber kein Boot am Anleger und von den beiden keine Spur. Sie haben die Coast Guard benachrichtigt und man sucht sie wohl jetzt."

„Hoffentlich ist nichts Ernstes passiert, der alte Abe und Christine sind echt nette Leute und ich kenne hier keinen, der sie nicht mag." Bestätigend nickte Maggie mit dem Kopf und schaute Billy besorgt an. „Ruf mich an, wenn Du etwas hörst. Ich bin zuhause und versuche mich an einem neuen Kapitel. Außerdem muss ich noch klar Schiff machen im Gästezimmer, übermorgen kommt mein Verleger für ein paar Tage. Ciao Billy. Und melde Dich bitte." Langsam erhob sich Maggie, klopfte sich den Sand von den Hosen und machte sich auf den Weg nach Hause. „Bye Maggie. Komm doch morgen auf einen Kaffee vorbei. Vielleicht gibt es dann schon Nachrichten."

Die Neuigkeiten von Billy hatten ihr eine Idee in den Kopf gesetzt. Sie musste weiter darüber nachdenken, aber es sollte möglich sein.

Abe Finkelstein und seine Frau Christine blieben verschwunden. Es wurden weder das Boot, noch Wrackteile oder irgendwelche Anzeichen der Beiden entdeckt. Die Küstenwache hatte die Suche aufgegeben. Man musste abwarten sagten die Ordnungsbehörden. Sara hatte im Dorf einige Vermisstenplakate ihrer Eltern aufgehängt und war wieder zurück nach Boston gereist. Sie konnte hier nichts tun und hatte dort ihr Leben.

Es war später Nachmittag am Freitag als es an der Vordertür energisch klopfte. „Hallo Lionel, schön dass Du da bist." Mit ungläubigem Blick schaute Maggie auf das was sich ihren Augen bot.

Das war nicht mehr der Lionel, den sie vor zwei Jahren das letzte Mal auf einer Gala getroffen hatte. Gut, er war schon immer etwas stämmig gewesen, aber eher wie ein großer, lieber Teddybär. Jetzt aber war er fett. Aus dem riesig wirkenden Gesicht mit hochroten Hängebacken und einem Dreifachkinn blitzten engschlitzige blaue Augen sie an. Der Kopf schien direkt auf den Schulter zu sitzen. Einen Hals konnte Maggie nicht sehen. Und dann dieser riesige Bauch. Eine Hand mit dicken kurzen Fingern streckte sich ihr entgegen und als sie ihm die ihre reichte, zog Lionel sie mit einem Ruck an sich und presste sie fest an diesen riesigen, ausladenden Bauch. Nach Luft schnappend machte Maggie sich los, trat einen Schritt zurück und brachte sich so schnell außer Reichweite.

„Maggie, Du siehst umwerfend aus. Das Dorfleben scheint Dir bestens zu bekommen. Aber die Anreise hierher, einfach fürchterlich. Der Taxifahrer am Flughafen hatte sich doch glatt geweigert bis hierher zu fahren, weil er keine Rücktour nach Boston bekommen würde. Erst als ich ihm das Doppelte anbot, war er bereit mich zu fahren. Und ich kann ihn verstehen. Hier ist ja wirklich fast das Ende der Zivilisation."

„Darf ich Dir einen Tee anbieten?" stoppte Maggie den laut polternden Redefluss Lionels. „Tee, das ist nicht Dein Ernst meine liebe. Hast Du nicht etwas stärkeres, was für Männer." „Ja, sicher. Bourbon oder Scotch?" „Einen großen Scotch mit Eis bitte."

Mit einem lauten Aufstöhnen ließ sich Lionel in ihren Lieblingssessel fallen und streckte seine Beine in den Raum. Maggie reichte ihm einen großzügig bemessenen Drink und ließ sich gegenüber auf dem Sofa nieder. Mit zur Seite geneigtem Kopf schaute sie zu, wie er den Drink in einem Zug leerte, und sie dabei über den Glasrand hinweg fixierte. „Nun Lionel, wie bereits gesagt, es ist schön, dass Du hier bist. Wie gefallen Dir die ersten Kapitel?"

Mühsam versuchte Maggie ein Gespräch in Gang zu bringen, aber Lionel machte es ihr nicht leicht und schaute sie einfach nur durch die Augenschlitze an.

„Nun denn, meine liebe Maggie, die Kapitel sind ein starker Anfang. Wir werden mit dem neuen Buch sicherlich wieder die Bestseller Listen erobern. Aber Du weißt, weswegen ich hier bin. Der Abgabetermin bzw. die Veröffentlichung sollte aus strategischen Gründen vor Weihnachten erfolgen. Damit wäre ein riesiger Schritt in Richtung Platz 1 so gut wie sicher. Ein Buch ist ein Weihnachtsgeschenk und von einer erfolgreichen Autorin verkauft es sich gleich zweimal so gut. Dann wäre da noch der neue Vorvertrag."

„Stopp" überrascht sah Lionel auf und schaute Maggie an. „Stopp Lionel, das mit der Vorverlegung verstehe ich ja noch und ich werde mir die größte Mühe geben, Dir hier entgegen zu kommen. Aber ein definitives Nein zu einem neuen Vorvertrag für ein weiteres Buch oder Film. Ich bin ausgebrannt und brauche Zeit für mich. Zeit für neue Ideen, Zeit für Reisen, die nichts mit Publicity zu tun haben." Als Lionel begann sich aufzurichten, legte sie nach: „komm, ich zeige Dir jetzt erst einmal Dein Zimmer und

Du kannst Dich etwas frisch machen. Ich habe einen Imbiss vorbereitet, den wir in einer Stunde gemeinsam auf der Veranda einnehmen können.

Du kannst allerdings auch gleich zu Bett gehen und ausschlafen und wir verlegen unser Gespräch auf Morgen. Ich habe eine Überraschung für Dich, die Dir gefallen wird."

„Ja, Du hast vollkommen Recht, ich werde mich wohl gleich zu Bett begeben, allerdings erlaube ich mir noch einen Drink mitzunehmen." Mit diesen Worten hievte Lionel seinen voluminösen Körper aus dem Sessel und griff sich im Vorübergehen die Flasche Scotch. Als er keinerlei Anstalten machten seinen Koffer mitzunehmen packte sie ihn und folgte ihm, den Koffer mühsam von Stufe zu Stufe nach oben hievend.

Lange lag Maggie in dieser Nacht wach. Selbst das leise Schnurren von Molly konnte sie nicht beruhigen. Immer und immer wieder ging sie ein Szenario in ihrem Kopf durch und als die Morgendämmerung vor ihrem Fenster aufzog hatte sie sich entschieden. Es musste sein. Der gute

Lionel musste sterben. Die Gier nach dem schnöden Mammon hatte ihn zu einem Unsicherheitsfaktor werden lassen, mit dem sie nicht leben konnte und wollte.

Und plötzlich war sie unsäglich müde, die Augen fielen ihr von alleine zu und die Traumwelt umfing Maggie. Allerdings sollte dieser Zustand der Erholung nicht lange andauern.

Schweißgebadet und nach Luft schnappend saß Maggie mit einem Ruck senkrecht im Bett. Bis in jede Kleinigkeit hatte sie gerade das kommende Ableben von Lionel vor ihrem inneren Auge gehabt und wäre selbst beinahe umgekommen.

Leise maunzend schubste Molly Maggie in die Wirklichkeit zurück und beim Aufstehen nahm diese das Fellbündel kurzerhand unter den Arm und mit in die Küche. Aus dem Gästezimmer war ein lautes Schnarchen zu vernehmen, das wie sie hoffte, noch einige Zeit andauern würde. Sie brauchte jetzt erst einmal einen starken Kaffee, dann eine lange, heiße Dusche und dann würde sie ihn wecken für ein hoffentlich erfolgreiches Ende ihrer Beziehung.

Ilsa

Es war ein wieder einer dieser heißen und staubigen Tage. Die Sonne ließ die Luft schwirren und der Wind die Staubkörner.

Ilsa saß bei ihrem zweiten Pott Kaffee und hörte Betty in der Küche laut mit Patsy Kline im Duett singen. Schmunzelnd hörte sie zu und erwischte sich dabei ebenfalls leise in den Song mit einzustimmen. „So Liebchen, hier Dein Frühstück. Ich finde es ja recht armselig, aber Du willst ja immer nur zwei Eier und eine Scheibe Toast. Zum Glück sind gerade keine anderen Gäste da, die würden sofort wieder umdrehen und sich sicher denken, dass es hier nur Miniportionen gäbe."

Mit diesen Worten stellte Betty den Teller vor Ilsa ab und setzte sich dieser gegenüber. „Hast Du etwas von Annie gehört? Ihr wart doch so gut befreundet und sie hätte Dir doch sicherlich etwas gesagt, wenn sie vorgehabt hätte zu verreisen."

Kauend schaute Ilsa auf und schluckte langsam, bevor sie Betty antwortete. „Nein Betty, ich bin auch völlig ahnungslos. Carlos war letzten Sonntag kurz bei mir und hat mich gefragt. Aber ich konnte ihm auch nicht weiter helfen. Es ist mir ein Rätsel wo Annie abgeblieben ist. Seit einer Woche nicht ein Zeichen von ihr. Mir fehlen die täglichen kleinen Gespräche im Laden mit ihr."

„Ja, geht mir auch so. Ich verstehe es nicht. Niemand hat sie irgendwo gesehen. Sie ist wie vom Erdboden verschluckt. Carlos war vorgestern im Laden und in der Wohnung, aber nichts, nicht der kleinste Hinweis, dass sie verreist wäre." Seufzend schaute Betty zu Ilsa und diese konnte Tränen in den Augen der älteren Frau sehen.

„Wein doch nicht, Betty, Carlos wird unsere Annie schon wieder finden. Vielleicht ist sie einfach nur für ein paar Tage verreist und steht jeden Moment wieder in Tür und lacht Dich aus.

Vielleicht hatte sie auch einfach nur einen kleinen Unfall und man hat uns nur noch nicht verständigt. Schau, da kommt Carlos schon." Ilsa zeigte mit dem Kinn Richtung Fenster und beide konnten Carlos mit großen Schritten die Straße überqueren sehen.

Betty stand langsam auf und holte noch einen Pott und die Kanne mit Kaffee, als Carlos auch schon an durch die Tür trat. „Guten Morgen Ladies. Betty, könnte ich bitte einen Kaffee bekommen?" „Steht schon hier Carlos, setz Dich zu uns." Behutsam schob Betty Carlos die gut gefüllte Tasse und den Zucker-topf zu. „Nun, bringst Du uns gute Nachrichten?"

Leicht vorgebeugt schauten die zwei Frauen Carlos zu, wie dieser vorsichtig einen Schluck von seinem heißen Kaffee schlürfte. „Nein, nichts. Keine Nach-richten aus den Städten an der Bahnlinie. Auch die Busfahrer haben Annie nicht auf der alltäglichen Route gesehen.

Wir haben in den Hotels und Krankenhäusern nach-gefragt, aber es wurde nirgendwo eine ältere Dame mit dem Namen Annie Hodges ausfindig gemacht. Ich habe Annie gestern offiziell in die landesweite Vermissten-Datenbank aufnehmen lassen. Nun müssen wir abwarten und beten.

Betty, ich habe eine Bitte an Dich, könnte Deine Nichte Shannon eventuell den Laden übernehmen? Nur so lange, bis wir Genaueres wissen und auch nur, wenn Du das neben dem Restaurant und Hotelbetrieb noch mitschaffst."

„Was ist eigentlich mit Klara? Könnte die nicht den Laden übernehmen, so lange wir nicht wissen was mit ihrer Tante geschehen ist?" Fragend schaute Betty Carlos an.

„Nun bei Klara haben wir natürlich zu allererst nachgeschaut. Die ist aber vor ein paar Tagen nach Hause zu ihrer Familie. Die Mutter hatte wohl einen Unfall und sie muss auf die kleinen Geschwister aufpassen. Leider konnte sie uns auch nicht sagen wo ihre Tante abgeblieben sein könnte.

Von Reiseplänen wusste sie nichts zu berichten."

„Nun ich muss rüber in die Praxis, der alte Mr. Horseshoe kommt zum EKG. Wir sehen uns." Mit diesen Worten verließ Ilsa das Blue Rock Inn und verschwand gegenüber in ihrer Praxis.

Ihre Sprechstundenhilfe Olivia hatte heute Nachmittag frei. Aber da der alte Mr. Horseshoe der einzige angemeldet Patient war, war das kein Problem. Schnell richtete sie das EKG-Gerät und rief sich die Patientenkartei auf den Bildschirm. Lange sollte der Termin nicht in Anspruch nehmen und in schätzungsweise einer Stunde konnte sie die Praxis für heute schließen. Vorausgesetzt der alte Herr war pünktlich. Kaum hatte sie den Gedanken zu Ende gedacht als sie auch schon die Eingangstür hörte.

„Hallo Mr. Horseshoe, sie sind aber pünktlich heute." Lächelnd reichte Ilsa dem alten Herrn die Hand und führte ihn in den Konsultationsraum. „Nun, dann wollen wir heute mal schauen, wie es ihrem Herzen denn so geht. Bitte machen Sie den Oberkörper frei und legen sie sich auf die Liege. Ich bin gleich wieder zurück." Ilsa wollte dem alten Herrn etwas Freiraum geben sich zu entkleiden, da sie wusste wie unangenehm es ihm war, sich vor ihr auszuziehen. Der alte Nicholas Horseshoe gehörte der indianischen Bevölkerung des Landes an und war schon bei ihrem Vorgänger in Behandlung gewesen.

In seinem Stamm war er hoch angesehen und auch in der Gemeinde von Corona wurde er sehr geschätzt. Seine Verbindungsarbeit zum Miteinander zwischen den ethnischen Bevölkerungsgruppen wurde von beiden Seiten hochgelobt.

Nicholas Horseshoe lebte in einem kleinen Häuschen genau zwischen dem Indianergebiet und der Stadtgrenze von Corona. Er sah sich als das Verbindungsglied zwischen den Menschen vor Ort und das nun schon seit über 50 Jahren. Er war nie verheiratet. Immer hatte man ihn alleine gesehen. Oft sah man ihn auch wochenlang gar nicht.

Aber er tauchte immer wieder auf und die Leute erzählten hinter vorgehaltener Hand, dass er in den Bergen bei seinen Ahnen eine rituelle Stätte besuche und dort seine Kraft tanke um den Spagat zwischen den Menschen geduldig immer wieder ausführen zu können. Auch würde er dort spirituelle Handlungen ausführen. Inoffiziell erfüllte er die Funktion des Friedensrichters von Corona und seine salomonischen Urteile wurden von keiner Seite der unterschiedlichen ethnischen Menschengruppen jemals in Zweifel gezogen.

Leise betrat Ilsa den Behandlungsraum. Nicholas lag still, mit geschlossenen Augen und verschränkten Händen auf der Liege und sein Brustkorb senkte sich langsam und gleichmäßig. „Nun Mr. Horseshoe, dann machen wir mal schnell das EKG und dann können Sie auch schon wieder gehen. Die Ergebnisse möchte ich dann in der kommenden Woche gerne mit

Ihnen besprechen, nur wenn es Ihnen passt. Sie können morgen mit Olivia gerne einen Termin für Montag oder Dienstag vereinbaren." Ein zustimmendes Grummeln zeigte Ilsa an, dass er verstanden hatte.

Routiniert schloss sie den alten Herrn an die Apparatur an und nach wenigen Minuten war es auch schon erledigt. Ilsa ließ dem alten Nicholas wieder etwas Zeit alleine damit er sich ankleiden konnte. Die beiden verabschiedeten sich und Ilsa begann die Praxis aufzuräumen. Es war nicht viel zu tun, aber sie verließ nie die Räume, wenn nicht alles Tip-Top an seinem Platz war. Während sie noch schnell die Grünpflanzen mit Wasser versorgte, sah sich den Papierstreifen des soeben erstellten EKGs auf ihrem Schreibtisch liegen. Irgendetwas daran ließ ihr keine Ruhe und sie stellte die Gießkanne ab um ihn sich doch noch schnell genauer anzusehen. Das sah nicht gut aus. Das Herz des alten Herrn schlug Kapriolen und bedarf dringend weiterer Behandlung. Sie hätte ihn doch nicht so schnell gehen lassen sollen.

Langsam fuhr Ilsa am späten Nachmittag aus der Stadt Richtung Berge. Hier irgendwo hatte der alte Nicholas Horseshoe sein Häuschen. Der durch die Reifen aufgewirbelte Sandstaub flirrte in der Sonne. Ilsa hatte die Fenster des Wagens geöffnet und schmeckte den Sand auf ihren Lippen. Es war heiß im Wagen. In der Ferne konnte sie ein Glänzen sehen und sie fuhr darauf los.

An einem verwitterten Zaun vorbei und über eine holprige Zufahrt zu einem kleinen Holzhaus. Sie hupte und wartete. Niemand zeigte sich. Aber sie war sicher, dass sie hier richtig war, denn ein großer, alter Totem, reichhaltig und kunstvoll geschnitzt, stand direkt am Haus. Nach dem sich auch nach erneutem Hupen niemand zeigte, stieg sie leicht besorgt aus.

Langsam ging sie um das Häuschen und klopfte an der hinteren Tür. Auch hier zeigte sich niemand. Noch unschlüssig ob sie einfach hinein gehen sollte, drehte sie den Türknauf.

Langsam öffnete sich die Tür und sie konnte in eine kleine Küche schauen. „Mr. Horseshoe, sind sie zuhause?" Er war wohl nicht zuhause. Im Umdrehen hörte Ilsa ein leises Poltern. „Mr. Horseshoe".

Langsam ging Ilsa durch die Küche in einen kleinen Flur. Eine Tür war angelehnt und eine Treppe führte nach oben.

Vorsichtig stupste sie die Tür nach innen auf und schaute aufmerksam in das dunkle Wohnzimmer. Hinter einem alten Ohrensessel konnte sie zwei Füße sehen und schnell eilte sie darauf zu. „Mr. Horseshoe, wie geht es Ihnen? Ist Ihnen schlecht?"

Schnell zog Ilsa den alten Mann auf den Fußboden und tastete nach dessen Puls. Ein leichtes Flattern, mehr konnte sie nicht erspüren. Ilsa wusste, hier konnte sie nichts mehr tun. Das Herz des alten Herrn kam zum Stillstand. Die Uhr seines Lebens war abgelaufen.

Während sie so neben dem alten Mann auf dem Boden hockte und seine Hand streichelte kam ihr ein wahnwitziger Gedanke. Niemand wusste dass sie hier draußen war. Niemand würde den alten Nicholas Horseshoe so schnell vermissen, da er ja immer wieder einmal für einige Tage oder gar Wochen von der Bildfläche verschwand. Ja, er würde wunderbar zu Mom passen und ja, er wäre sicherlich ein wunderbarer Dad gewesen.

Der alte Herr war ein Leichtgewicht und sorgsam trug Ilsa ihn hinaus und legte ihn ehrfürchtig auf eine Plane auf der Ladefläche ihres Wagens. Sorgsam verzurrte sie diese und machte sich auf den Weg nach Hause.

Nun hieß es schnell sein, bevor die Fliegen kämen. Zuhause angekommen trug sie Nicholas in den Anbau und ließ ihm die gleiche Behandlung zuteilwerden, wie auch schon Annie einige Tage zuvor.

Bei Nicholas war sie bereits nach gut drei Stunden fertig und sie beschloss ihn nicht noch über Nacht in der Kühlkammer aufzubewahren.

Den Körper auf dem Rollstuhl verzurrt, verbrachte sie ihn umgehend in die Scheune.

Im Keller legte sie ihn in die Grube neben Mom/Miss Annie und leerte auch über seinen Körper einen Sack Düngekalk. Schnell war dieser verteilt.

Ilsas Nerven waren gespannt, ihr Körper vibrierte vor Adrenalin obwohl er gleichzeitig nach Ruhe verlangte. Ihr Kopf schmerzte von der konzentrierten Einbalsamierungsarbeit. Arm- und Rückenmuskulatur verlangten nach einem heißen Bad und Entspannung. Aber sie war noch nicht fertig. Die Überreste mussten entsorgt werden und sie musste noch putzen. Sie konnte sich keine Nachlässigkeit erlauben.

Maggie

Langsam schloss Maggie ihren Laptop. Während des Schreibens eines weiteren Kapitels hatte sie über die weitere Zusammenarbeit mit Lionel nachgedacht. Er war eine permanente Gefahr für ihr weiteres Leben. Sie musste etwas unternehmen. Und sie wusste nun auch was und wie sie es anstellen wollte, dass sie weiterhin ruhig und zufrieden hier leben konnte. Gleich nach dem Frühstück würde sie das Problem Lionel in Angriff nehmen.

„Guten Morgen Liebes". Mit einem breiten Grinsen stand Lionel in der Küchentür und schaute sie an. „Ich habe geschlafen wie ein Stein. Also ruhig ist es hier ja. Gibt es Kaffee?" „Ja, warte, ich habe ein Frühstück vorbereitet und eine wunderbare Idee für den Tag." Schnell stellte Maggie ein Frühstück und Kaffee vor Lionel auf den Tisch und setzte sich ihm gegenüber. „Also, ich habe mir überlegt, dass wir heute einen kleinen Ausflug aufs Meer machen.

Wir nehmen das kleine Segelboot unten am Hafen und genießen die Sonne und die Wellen." „Maggie, Du spinnst. Ich war noch niemals segeln. Und wir müssen uns dringend unterhalten. Darüber wie es weitergehen soll." „Ja, genau das werden wir, Lionel. Wir werden uns in aller Ruhe unterhalten können. Hier im Haus schlagen die Emotionen zu hoch und draußen auf dem Wasser bin ich ruhiger und wir werden ganz bestimmt zu einer gemeinsamen Lösung kommen. Das verspreche ich Dir." „Na gut, wenn Du Dich dabei besser fühlst, dann meinetwegen, gehen wir segeln. Aber ich sage Dir gleich, dass ich keinerlei Ambitionen habe Dein Matrose zu sein. Ich werde mich in eine Ecke setzen, die Sonne und das Geschaukel mehr oder weniger versuchen zu genießen. Nur wegen Deiner Emotionen meine Liebe." „Bravo, dann frühstücke in Ruhe fertig. Ich rufe nur kurz bei Billy an und reserviere uns eine Jolle."

Eine kleine blaue Jolle schaukelte am Anleger und skeptisch schaute Lionel auf das ihm winzig erscheinende Segelboot. „Mit diesem Schiffchen willst Du raus auf Wasser? Wir werden untergehen und jämmerlich ertrinken."

Lachend knuffte Maggie Lionel gegen den Arm und sprang vor ihm in das Boot. Auf sicheren Beinen stehend streckte sie ihm beide Hände entgegen. „Los komm schon. Die Leute schauen schon und Du willst doch nicht als städtisches Weichei verschrien werden." Über die Schulter blickend sah Lionel wie Billy mit verschränkten Armen grinsend an der Hauswand lehnte und ihnen zuschaute. Den Kopf hochgereckt griff er Maggies Hände und setzte beherzt einen Fuß nach dem anderen schwerfällig hinunter aufs Boot.

„Setz Dich hier neben die Ruderpinne bitte." Routiniert löste Maggie die Leinen und hisste das Segel, während er sich mit schon leichtem Unwohlsein nieder ließ. Nachdem Maggie das Segel fest gezurrt hatte ließ sie sich auf der anderen Seite der Ruderpinne – neben Lionel – nieder.

Langsam segelte das Boot aufs Meer hinaus und Lionels anfängliches Unwohlsein löste sich schnell wieder auf. „Haben wir was zu trinken dabei?" „Ja, ich habe uns einen Korb mit einer Kanne Tee und ein paar Sandwiches eingepackt." „Sandwiches und Tee? Maggie, das kann ich zuhause jeden Tag haben. Ich dachte an etwas Stärkeres und Deftigeres" grummelte Lionel. „Nun warte doch noch ein Weilchen. Du kommst schon nicht zu kurz. Wir sind noch keine halbe Stunde unterwegs. Lehn Dich zurück, genieße die Sonne und das wohltuende Schaukeln der Wellen. Lass die Gedanken schweifen und denk mal an Nichts. Bitte Lionel, nur für ein Stündchen."

So flog die Zeit dahin und während Maggie das Boot hinaus Richtung Horizont steuerte dachte sie darüber nach, wie sie es am geschicktesten anstellen sollte, das Problem ‚Lionel' zu lösen. Dem waren zwischenzeitlich die Augen zugefallen und leise Grunzgeräusche von sich gebend, hing er mehr als er saß in seiner Ecke.

Nun denn, sie waren zwischenzeitlich weit draußen auf dem Meer. Die Küste hinter ihnen war nur noch nebelgrau und schemenhaft zu erkennen. Ein schmaler Strich am Horizont. Das sollte weit genug sein.

Ruckartig stand Maggie auf und lockerte ihre eingeschlafene Muskulatur. Das Schaukeln ließ Lionel wieder zu sich kommen. „Wo sind wir? Was ist passiert? Ist was passiert?" Verwirrt schaute Lionel um sich und hielt sich krampfhaft mit einer Hand am Boot fest, das durch Maggies aufstehen ins Schwanken geraten war. „Keine Sorge mein Lieber, alles ist wunderbar. Schau nur dort vorn."

Drei Delphine sprangen mit silbrig glänzenden Leibern aus dem Meer und tauchten elegant wieder ein. Staunend schaute Lionel dem Schauspiel zu. So etwas hatte er bisher nur im Fernsehen gesehen. Während Maggie sich wieder langsam setzte bemerkte sie, dass sich Lionels Anspannung wieder löste.

Völlig fasziniert schaute er den großen Tieren bei den Sprüngen durchs Wasser zu und seine Hände ruhten völlig entspannt auf seinem mächtigen Bauch. „Das ist schön

Maggie. Wundervoll. Danke, dass Du mir so etwas Schönes zeigst. Aber nun sollten wir auch über unsere weitere Zusammenarbeit sprechen. Deswegen sind wir doch hier. Aber ich habe Durst. Was hast Du außer Tee denn bitte noch in Deinem Korb versteckt?" „Dann schau halt nach. Und sei vorsichtig, wir machen gleich eine Wende und Du willst ja nicht über Bord gehen." Maggie lachte ihn an und schaute dann wieder konzentriert nach vorne auf den Horizont.

Aus den Augenwinkeln beobachtete sie genauestens wie Lionel sich schwerfällig erhob und vorsichtig einen Fuß vor den anderen setzte. Noch zwei Schritte, dann konnte sie es wagen. Tief holte sie noch einmal Luft und hielt diese an. Dann schnellte sie von der Sitzbank hoch, packte den Baum und schwenkte ihn mit aller Kraft gegen Lionel. Völlig überrascht von dem plötzlichen Schlag gegen seinen Körper kam dieser aus dem Gleichgewicht. Der Segelbaum hatte ihn am Hals getroffen.

Reflexartig fasste seine linke Hand an die schmerzende Stelle. Mit dem rechtem Arm versuchte er rudernd das Gleichgewicht wieder zu finden, aber der Schwung hatte *ihn voll erwischt und er kippte seitwärts über die Reling des kleinen Bootes ins Meer. Rasch vollzog Maggie eine Wende und schaute aufs Wasser. Da tauchte Lionel einige Meter hinter dem Boot auf.*

Die Augen weit aufgerissen rief, nein schrie er ihren Namen und ruderte mit den Armen. Völlig ungerührt umsegelte Maggie den wild vor sich hin plantschenden und schreienden Lionel. Es dauerte nicht lange, dann zogen die vollgesogenen Kleider den schweren Körper nach unten in die Tiefen des Meeres. Nur kurz schaute Maggie zurück und schlug ein Kreuzzeichen. Dann machte sie sich zurück auf den Heimweg. Vorher aber entledigte sie sich ihrer kompletten Oberbekleidung und tauchte diese ins Meer. Sie konnte ja nicht völlig trocken wieder zurückkommen. Man musste sehen, dass sie versucht hatte Lionel aus dem Wasser zu ziehen. Dabei wäre sie zwangsläufig auch nass geworden.

Frierend in ihren nassen Klamotten segelte Maggie so zurück, Richtung Heimathafen.

„Maggie, was ist passiert? Wo ist Dein riesiger, dicker Freund?" Kraftvoll zog Billy Maggie an den Armen aus dem Boot nach oben auf den Anleger. „Mein Gott, Du bist ja völlig durchnässt. Komm erst einmal rein. Ich mache Dir einen Grog und Du erzählst was passiert ist." Mit diesen Worten zog Billy Maggie den Pier entlang ins Café und drückte sie dort auf eine Bank. „Hier wickle Dich erst einmal in die Decke. Der Grog kommt sofort, das Wasser ist schon heiß."

Trotz Decke bibberte Maggie vor Kälte. Immerhin hatte der Rückweg fast vier Stunden gedauert. Sie hatte viel Zeit gehabt über eine Geschichte nachzudenken, aber sie würde so nah an der Wahrheit bleiben wie nötig. „So, hier trink das und dann erzähl was los war."

Dankbar schaute Maggie zu Billy auf und nippte langsam an dem heißen und starken Getränk. „Er ist über Bord gegangen. Der Baum hat ihn erwischt als er den Picknickkorb holen wollte. Ich rief ihm noch zu er solle aufpassen, da ich eine Wende machen wollte, aber da war es schon passiert. Der Baum hat ihn oberhalb der Schulter erwischt und er verlor das Gleichgewicht. Ich musste doch das Boot wieder *ins Gleichgewicht bringen sonst wären wir beide über Bord gegangen. Ich konnte ihn nicht erreichen und festhalten. Aber als er über Bord war und das Boot nicht mehr so schwankte, habe ich sofort nach ihm geschaut.*

Er war schon ein paar Meter weit abgetrieben und als ich dann wieder an der Stelle war wo ich ihn zuletzt winkend gesehen hatte, da waren da nur noch ein paar Luftblasen. Du hast ihn ja gesehen. Er war so groß und schwerfällig und die dicken Klamotten waren auch nicht zum Schwimmen geeignet."

„Aber warum bist Du so durchnässt?" „Dort wo die Luftblasen waren, habe ich mich über die Reling gebeugt und aufs Wasser geschlagen. Völlig sinnlos natürlich, aber der Kopf denkt doch in solchen Situationen nicht vernünftig."
„Nein, schon gut. Wir müssen die Küstenwache informieren. Bleib Du hier sitzen, ich rufe den Sheriff an und dann bringe ich Dich erst einmal nach Hause, damit Du aus den nassen Klamotten rauskommst." Die Anstrengungen der letzten Stunden, der leere Magen und der starke Grog forderten ihren Tribut. Maggie war völlig neben sich als Billy sie fürsorglich unter den Armen packte und in sein Auto

bugsierte. Zuhause half er ihr ins Bad und ließ sie alleine, auf dem Wannenrand sitzend, mit den Worten: „Der Sheriff weiß Bescheid und die Küstenwache ist schon auf der Suche. Ich schaue später noch einmal nach Dir."

Nach einer kurzen, heißen Dusche verkroch Maggie sich ins Bett und merkte nur noch, dass Molly sich fest an sie schmiegte. Dann fiel sie auch schon in einen tiefen, aber unruhigen Schlaf.

Von ihrem eigenen Schrei geweckt, schreckte Maggie hoch, es war stockdunkel im Raum. Mit schweißnassen Händen tastete sie nach dem Lichtschalter. Molly starrte sie mit großen, grünen Augen an. Ihre zitternden Hände streichelten das Fellbündel beruhigend und verwirrt schaute sie sich um. Langsam fiel ihr wieder ein was sie geträumt hatte. Eine wirre Zusammenfassung des vergangenen Tages. Und mit der Zusammenfassung in ihrem Traum kam auch die Realität. Was hatte sie getan? Diesmal hatte sie bewusst und vorsätzlich einen Menschen getötet und Spuren verwischt. Bei Stephen war es ein Unfall bzw. eine Tat *im Affekt und danach Schadensbegrenzung gewesen. „Oh Molly, Molly, Molly, was soll ich jetzt nur tun?*

Langsam stieg Maggie aus dem Bett, zog einen warmen Jogginganzug an und ging in die Küche um Teewasser aufzusetzen. Während dieses langsam heiß wurde und sie ihre meerwassergetränkten Klamotten in die Waschmaschine steckte hörte sie Schritte auf der Veranda. Gleich darauf klopfte es auch schon an der Vordertür.

„Hallo Billy, komm rein. Ich mache gerade Tee, möchtest Du?" „Tee, na ja, ok, ich probiere mal einen. Wollte nur mal sehen, wie es Dir geht. Du warst ja ganz schön durch den Wind vorhin." „Dank Dir Billy und Deinem Grog. Aber Danke, dass Du mich nach Hause gebracht hast. Und Danke, dass Du Dich um alles gekümmert hast, den Sheriff und so." „Ach was, dafür doch nicht. Hättest Du auch getan. Die Küstenwache war draußen, aber die sind schon wieder da. Ist sinnlos da draußen jemanden zu finden. Aber die kommen morgen noch mal bei Dir vorbei. Du weißt ja, der Formularkram muss erledigt werden und so.

Sheriff McVittie wird Dich auch noch aufsuchen und offiziell Deine Aussage aufnehmen. Er war ja nicht von hier, Dein Freund." „Nein, Lionel war mein Verleger. Er war aus London zu Besuch und wir wollten einiges besprechen wegen dem neuen Buch." Leise fing Maggie an zu schluchzen. „Billy, was soll ich nur tun? Ich bin so durcheinander. Lionels Sachen sind auch noch hier und ich weiß gar nicht ob er in London mit jemandem zusammen war. Wir haben in den letzten Jahren nur telefonisch in Kontakt gestanden oder per E-Mail. Ich weiß so gar nichts über sein Leben in Good old Britain."

Tränenüberströmt schaute Maggie Billy an. „Wenn ich ihn doch nicht zu diesem blöden Ausflug überredet hätte. Wenn ich ihn doch wieder ins Boot hätte ziehen können." „Maggie, Du trägst keine Schuld. Es war ein Unfall. Unfälle passieren immer wieder. Auch die besten Segler kentern mal. Es ist nur tragisch, wenn dabei jemand umkommt. Und um die Dinge in London werden sich die Behörden kümmern. Mach Dir keine Vorwürfe." „Ja, Du siehst bist so vernünftig, aber das was Du sagst ist richtig. Ich werde morgen mit der Küstenwache und dem Sheriff sprechen und Lionels Sachen zusammen packen. Dann sehen wir weiter." „Na dann Mädchen, ich geh dann mal wieder, wir sehen uns. Und wenn Du Hilfe brauchst, ruf an."

Als Billy gegangen war hatte Maggie auch keine Lust mehr auf Tee. Sie erinnerte sich daran, dass Lionel gestern Abend die Flasche Whiskey mit auf sein Zimmer genommen hatte. Ein großer Schluck würde ihr jetzt sicher gut tun.

Beim dritten Glas schlief Maggie im Sessel ein. Sie träumte wirr von Stephen und der Häckselmaschine, von einem hämisch grinsenden, fetten Lionel auf einem Segelboot in der Ferne verschwindend und von Mr. Churchill, dessen Augen sie beruhigend und weise anschauten.

Einige Wochen später hatte Maggie den offiziellen Unfallbericht in der Post, der sie von jeglicher Schuld befreite. Lionel war gestolpert, ins Meer gestürzt und ertrunken. Offiziell beglaubig, gestempelt und unterschrieben.

Tja, das Kapitel war abgeschlossen. Die Verträge mit Lionels Verlag wurden aufgrund des unglückseligen Ereignisses gekündigt und die Anwälte dort waren ihr dementsprechend entgegen gekommen. Niemand wusste ja jetzt auch so genau was weiter mit dem Verlag, den Mitarbeitern dort, etc. geschehen würde. Lionels Verlag war nicht sehr groß, hatte aber einen guten Namen in der Branche. Es würde wohl auch für die Menschen dort irgendwie weitergehen.

Für sich hatte sie entschieden, das angefangene Buch zu Ende zu bringen und einem neuen Verlag anzubieten, allerdings ohne langfristige Verpflichtungen und Bindungen. Da sie als Schriftstellerin in der Branche bekannt war, sollte das ohne große Schwierigkeiten vonstattengehen.

Also setzte Maggie sich einige Tage später morgens an ihren Laptop und schrieb die letzten Kapitel ihres vorerst letzten Buches.

Ilsa, Corona

„Ahhhhhhh", verdammt tat das weh. Ilsa fühlte sich als hätte sie eine Dampfwalze überrollt. Jeder einzelne Muskel schmerzte. Sie schleppte sich ins Bad und drehte den Heißwasserhahn auf. Bald erfüllte heißer Dampf den Raum. Für ihr Wohlbefinden streute sie großzügig die halbe Flasche Badesalz ins Wasser und tauchte langsam ein.

Sie konnte fühlen wie sich ihre verkrampfte Muskulatur in dem heißen, duftenden Wasser entspannte. Während sie in der Wanne lag dachte sie über den gestrigen Tag nach und ein breites Lächeln überzog ihr Gesicht. Mom und Dad waren nach Hause gekehrt. Noch konnte sie sich nicht täglich mit Ihnen unterhalten, aber bald, bald wären sie bei ihr im Haus und sie konnten miteinander sprechen. Sie würden Thanksgiving und Weihnachten zusammen verbringen und am Nationalfeiertag feiern. Ilsa war glücklich, in diesem Moment hätte sie die ganze Welt umarmen können.

Später saß sie, mit einem großen Pott Kaffee, auf der vorderen Veranda im Schaukelstuhl und schaute in den Himmel. Kleine Schleierwolken zogen vorüber und die Sonne strahlte vom blauen Firmament. In der Hitze flirrte der Staub und kein Geräusch drang an ihre Ohren. Eigentlich hätte sie in der Praxis sein sollen, aber es waren keine Termin im Kalender und wenn ein Notfall eintreten sollte, dann würde Olivia sie anrufen. Mittlerweile kamen die Leute auch schon mal zu ihr nach Hause um sich behandeln zu lassen, aber nur wenn der Weg in die Stadt weiter wäre.

Ein lautes Krachen und Quietschen riss sie aus ihren Träumereien. Das kam von der Straße. Schnell erhob sie sich und sprang in ihren Pickup. Als sie an der Zufahrt zu ihrer Farm ankam konnte sie linkerhand schon eine Rauchwolke sehen. Mit quietschenden Reifen bog sie ab und fuhr schnurstracks darauf zu.

Zwei Wagen waren ineinander verkeilt mitten auf der Straße zusammen gestoßen. Aus dem einen Wagen quoll schwarzer Rauch aus der Motorhaube. Schnell rannte Ilsa auf diesen zu und konnte hinter dem Steuerrad einen Mann erkennen. Die Lenksäule hatte sich in seinen Brustkorb gebohrt und sie sah, dass sie hier nicht mehr helfen konnte. Ein Rütteln an der Tür zeigte ihr auch, dass diese nicht zu öffnen war. Zumindest sie alleine würde das nicht schaffen. Das andere Fahrzeug war ebenfalls nur noch ein Blechhaufen.

Hier saß eine junge Frau hinter dem Steuer, den Kopf unnatürlich nach hinten verdreht und die Augen starr und weit geöffnet. Hier konnte sie auch nicht mehr helfen. Die junge Frau hatte ebenfalls einen schnellen Tod auf der Straße gefunden. Ein leises Wimmern ließ Ilsa aufhorchen. Hektisch schaute sie durch das hintere Seitenfenster und konnte auf der

Rückbank ein kleineres Kind unter einer großkarierten Wolldecke sehen. Es war angeschnallt und wohl auch ohne Bewusstsein. Da die Tür durch den Aufprall verklemmt war und sich nicht öffnen ließ, schlug sie diese kurzerhand mit dem Feuerlöscher aus ihrem Pickup ein. Beherzt griff sie sich das Kind und zog es vorsichtig durch das eingeschlagene Fenster zu sich heraus.

Mittlerweile war der Qualm um die beiden verunfallten Wagen immer dichter geworden und es roch nach Benzin. Ilsa rannte zu ihrem Pickup. Das Kind auf dem Arm sprang sie hinein und raste rückwärts aus der Gefahrenzone. Trümmerteile flogen in weiten Bögen brennend zur Erde als der Benzintank einer der beiden Wagen mit lautem Knall explodierte. Nun standen beide Wagen in einem lodernden Flammenmeer. Dicke, schwarze Rauchschwaden stiegen in den blauen Himmel. Hier würde nichts mehr übrig bleiben.

Als Gerichtsmedizinerin wusste sie, dass die Identifizierung der Leichen schwer werden würde und dass die beiden wohl auf ihrem Tisch landen würden, da dieser der nächste war. Sie konnte nur hoffen, dass die Kriminaltechniker anhand der Seriennummern der Autos es ihr leichter machen würden die beiden zu identifizieren. Sie mochte keine Brandleichen.

Diese Gedanken schossen ihr durch den Kopf, während sie langsam die Zufahrt zu ihrem Haus nahm. Das Kind in dem Deckenbündel lag auf dem Beifahrersitz und bewegte sich kaum. Vorsichtig nahm sie es auf und trug es in die Küche, wo sie es auf dem Tisch ablegte und langsam auspackte. Der Kleidung nach war es wohl ein kleiner Bub. Blaue Denim-Latzhosen und ein rotes T-Shirt trug er. An den Füssen rote Turnschühchen.

Vorsichtig tastete sie den Puls und horchte auf der Brust nach dem Herzschlag. Erleichtert atmete sie auf. Das Herzchen schlug. Der Kleine hatte wohl nur das Bewusstsein verloren.

Sanft strich sie über das struppige schwarze Haar und trug das Kerlchen ins Wohnzimmer, wo sie ihn auf dem Sofa nieder legte.

Sie musste Carlos anrufen und ihn über den Unfall informieren. Während sie das erledigte füllte sie die Kaffeemaschine und setzte sie in Gang. Und nun konnte sie nur darauf warten, dass die Sirenen das Eintreffen der Rettungskräfte ankündigen würden. Sie setzte sich neben den kleinen Jungen und streichelte sanft das kleine Ärmchen, das auf der Decke lag.

Einige Minuten später hörte sie die herannahenden Sirenen und als diese verstummten, wusste, sie dass die Feuerwehr am Unfallort eingetroffen war. Sekunden später klopfte es auch schon an ihrer Vordertür.

„Ilsa, was ist passiert?" Besorgt, seinen Cowboyhut in den Händen halten, stand Carlos vor ihr. „Alles gut Carlos, ich hörte einen Knall und sah eine Rauchwolke. Als ich am Unfallort ankam, konnte ich nur noch den Tod der beiden Fahrer feststellen.

Auf dem Rücksitz des blauen Wagens fand ich einen kleinen Jungen. Er hat keine Verletzungen, war nur bewusstlos. Ich habe ihn mitgenommen und er schläft jetzt im Wohnzimmer auf der Couch."

„Die Kriminaltechniker sind schon vor Ort und rekonstruieren den Unfallhergang. Leider konnten wir keine Papiere oder etwas finden, was etwas über die Identität der beiden Opfer aussagen könnte. Wir werden wohl abwarten ob anhand der Seriennummern der Fahrzeuge die Halter und somit die Fahrer ermittelt werden können."

„Ich habe Kaffee gekocht, Du sagst doch bestimmt nicht Nein." „Gerne, wie geht es dem Jungen sonst." „Geh nur rüber und schau selbst, ich bringe den Kaffee gleich nach." „Er hat eine Beule an der Stirn. Das hat wohl auch die Bewusstlosigkeit ausgelöst. Wahrscheinlich ist er beim Aufprall gegen den Vordersitz geknallt."

Als Ilsa Carlos den Kaffeebecher reichte dankte dieser nur mit einem Nicken.

Nachdenklich stand er vor der Couch und schaute auf den kleinen Jungen. „Vielleicht zwei oder drei Jahre alt. Meinst Du wir können ihn wecken und ihm ein paar Fragen stellen?"

„Warte, ich will nur ein Glas Saft holen, dann wird es vielleicht einfacher. Er wird Durst haben." Langsam ließ sich Carlos in dem Schaukelstuhl gegenüber der Couch nieder und streckte seine langen Beine aus. Ilsa kam mit dem Saft und kniete sich vor den Jungen.

„Hallo mein Kleiner, hallo aufwachen." Während sie ihn so leise rief, ging ein Zittern durch den kleinen Kinderkörper und er streckte sich. Große dunkelbraune Augen schauten Ilsa ernst an. Da war keine Angst oder Erschrecken, nur eine große Ernsthaftigkeit zu sehen.

„Hallo mein Kleiner, wie heißt Du denn?" Die kleine Zungenspitze fuhr langsam über die Lippen. Schnell hielt Ilsa das Glas mit Saft hoch und hielt es dem Kind entgegen. Der erste Schluck war vorsichtig, aber dann trank der Kleine das Glas mit durstigen Zügen schnell leer. Langsam nahm Ilsa es dem Kleinen aus der Hand und fragte erneut: „Wie heißt Du?" „Esteban Gonzales" kam es leise und zögernd. „Hallo Esteban, ich bin Ilsa. Weißt Du denn auch, wie alt Du bist?" „Ja, ich bin schon groß. Ich bin vier Jahre alt." „Wow, Du bist wirklich ein großer Junge, Esteban. Und wo wohnst Du?" „Meine Mami und ich, wir wohnen in Albuquerque."

Überrascht schaute Ilsa zu Carlos und dieser schrieb die Aussagen des Kindes schnell in sein kleines schwarzes Notizbuch.

„Esteban, kannst Du Dich denn noch erinnern, was passiert ist?" „Nein, ich war mit Mama im Auto und wir haben gesungen und dann hat sich das Auto ganz fest geschüttelt und es hat laut gekracht. Wo ist meine Mama? Kann ich bitte zu meiner Mama?"

Hilflos schaute Ilsa zu Carlos, der sich langsam erhob und ihr anzeigte mit in die Küche zu kommen. „Ich bin gleich wieder da mein Kleiner. Ich hole Dir noch etwas Saft."

„Carlos, was soll ich denn dem Kleinen sagen?" mit Tränen in den Augen schaute Ilsa zu Carlos hoch. „Ilsa, kann der Kleine erst einmal bei Dir bleiben? Ich möchte ihn nur ungern in die Hände der Fürsorge übergeben." „Bei mir? Aber ich habe keinerlei Erfahrungen mit Kindern. Er hat Fragen, die ich ihm nicht beantworten kann. Ich bin darauf nicht vorbereitet." Fassungslos und hilflos schaute Ilsa von Carlos rüber ins Wohnzimmer, konnte das Kind aber hinter dem hohen Rücken der Couch nicht sehen. „Gut, dann rufe ich jetzt die Fürsorge in Albuquerque an und die sollen das Kind heute noch bei Dir abholen." Mit einem Schulterzucken griff Carlos zum Handy. „Nein, ok, ist ja schon gut. Der Kleine kann hierbleiben. Du hast seinen Namen und es wird sicherlich nicht allzu lange dauern, bis Du Angehörige ausfindig gemacht hast." Augenzwinkernd „na ich wusste es doch, Du hast ein großes Herz Ilsa. Und da Du Dich ja jetzt um den Kleinen hier kümmern musst, werde ich die Kollegen in Albuquerque anrufen.

Die sollen ihren Coroner schicken und deren Spuren-
sicherung, dann hast Du die Brandleichen nicht auf
Deinem Tisch." Mit diesen Worten drehte sich Carlos
zur Tür und ging.

Mit einen tiefen Seufzer und einem weiteren Glas Saft
ging Ilsa wieder zu Esteban. Sie schaltete das TV-Ge-
rät ein und hoffte den Kleinen so etwas ablenken zu
können. Es gelang, als sie auf einen Kinderkanal
schaltete, der gerade einen Disneyfilm übertrug.

Während der kleine Esteban seinen Film anschaute
ging Ilsa nach oben und richtete das Bett im Gästezimmer. Da es bereits zu dämmern begann ging sie
davon aus, dass das Kind über Nacht bei ihr bleiben
würde.

Danach richtete sie ein paar belegte Sandwiches auf
einem Teller für sich und Esteban an. Während beide
gemeinsam aßen und einen weiteren Disneyfilm
schauten hörte Ilsa, die zuschlagende Tür eines Wagens vor dem Haus.

Gleich darauf klopfte es auch schon. Das Kind nahm keinerlei Notiz als sie aufstand und öffnen ging.

„Carlos, komm herein, mit Dir hätte ich heute aber nicht mehr gerechnet." „Ja, ich dachte, ich komme persönlich vorbei und berichte Dir was wir bisher wissen." „Kaffee oder ein Glas Wein?" „Kaffee wäre prima, Danke. Was macht der Kleine?" Carlos ließ sich auf der Bank am Küchentisch nieder und warf dabei einen Blick rüber ins Wohnzimmer. Außer dem hellen, flackernden TV-Licht und dem gelben Schein einer kleinen Beistellleuchte war aber nichts zu sehen, die Landschaft hinter den großen Scheiben war bereits im Dunkel der Nacht verschwunden.

„Er spricht nicht viel, schaut fern. Aber er isst und trinkt mit Appetit. Ich konnte leider nichts mehr von ihm in Erfahrung bringen was eventuell weiterhelfen könnte."

Ilsa setzte sich mit einem Glas Wein ihm gegenüber und schaute fasziniert zu, wie er bedächtig einen Löffel Zucker nach dem anderen in seine Tasse bugsierte. Nach dem fünften versenkte er diesen und rührte ebenso bedächtig weiter. „Carlos, Du machst mich wahnsinnig. Rede doch endlich. Übrigens ist so viel Zucker ungesund." „Mir schmeckt Kaffee aber nur so" brummte es von der anderen Seite des Tisches. Und nachdem er langsam einen Schluck des süßen Gebräus zu sich genommen hatte verschränkte er die Hände um die Tasse, legte seine Unterarme auf dem Tisch ab und schaute Ilsa lange in die Augen.

„Ilsa, die Kollegen in Albuquerque konnten schnell und ausführlich Auskunft geben. Die Mutter des kleinen Esteban, eine Ruby Conchita Gonzales, ist in deren Kartei. Sie war bereits mehrfach wegen Prostitution und Drogen festgenommen worden.

Nun ja, sie scheint keine Angehörigen zu haben und auf der Geburtsurkunde des Kindes ist kein Vater eingetragen.

So wie es momentan aussieht lebte sie mit dem Kind alleine in einem Motelzimmer der untersten Kategorie. Hier bot sie sich wohl auch den über Nacht bleibenden Truckern an und verdiente so das Geld für ihre Drogen. Höchstwahrscheinlich stand sie auch unter Drogen als der Unfall geschah. Die Untersuchungen hierzu laufen noch.

Also, das Kind wird wohl in die Fürsorge kommen. Was für den Kleinen wohl allemal das bessere Leben sein wird als das, welches er bis jetzt erleben durfte. Allerdings ist von der Fürsorge heute keiner mehr bereit hier raus zu fahren und den Kleinen abzuholen." „Ich habe schon das Gästezimmer gerichtet. Der Junge kann heute Nacht hier bleiben. Das ist gar kein Problem." „Das ist schön. Dann mach ich mich mal wieder auf den Weg und melde mich morgen bei Dir, wenn ich mit Albuquerque gesprochen habe."

Aus einer Nacht wurden erst zwei, dann drei, und nach sechs Monaten war der kleine Esteban immer noch bei Ilsa.

Es hatten sich keine Angehörigen gefunden und Ilsa hatte sich spontan entschlossen den kleinen Jungen in Pflege zu nehmen.

Es waren schwierige sechs Monate. Für Beide. Ilsa hatte plötzlich eine ständige Verantwortung. Der kleine Junge kämpfte mit Alpträumen und beide verbrachten viele Nächte, gemeinsam im Wohnzimmer, auf der Couch.

Die liebevollen Gefühle bei Maggie – für den kleinen Esteban – verstärkten sich von Tag zu Tag. Sie gestand sich ein, dass sie ihn sehr lieb gewonnen hatte und bei sich behalten wollte. Esteban klammerte sich an sie und wollte keine Minute alleine bleiben. Die anfänglichen Fragen nach seiner Mama waren von Monat zu Monat weniger geworden und das Kind blühte richtig auf.

Wenn Ilsa in Corona in der Praxis zu tun hatte, dann saß er entweder bei Carlos im Büro oder war bei Miss Betty im Restaurant. Diese verwöhnte ihn hoffnungslos mit Kakao und Kuchen und war ganz vernarrt in den kleinen Kerl. Die Wochenenden verbrachten Carlos, Ilsa und Esteban meist zusammen. Sie fuhren in die Berge, machten Ausflüge in Freizeitparks – wie eine kleine Familie das so macht. Sie hatten Spaß zusammen und bald war Carlos mehr bei Ilsa und Esteban auf der Farm als in seiner kleinen Wohnung über dem Sheriffs Office.

So wuchs nur nicht die Nähe zwischen Ilsa und Esteban, auch zwischen ihr und Carlos war eine Gemeinsamkeit und Wärme zu spüren, die geliebte Menschen ausstrahlen.

„Carlos, die Post war da." Atemlos stand Ilsa bei Carlos in der Bürotür und hielt ihm einen großen, braunen Umschlag entgegen.

Lächelnd erhob dieser sich hinter seinem riesigen Schreibtisch und nahm Ilsa fest in die Arme. „Wollen wir reinschauen, oder wollen wir es gemeinsam mit Esteban tun? Er ist drüben bei Miss Betty und ich glaube sie wollte heute mit ihm zusammen Kuchen backen." Glücklich schaute Ilsa zu Carlos auf „lass uns rüber gehen und wir schauen gemeinsam ob uns das Glück hold ist." Zärtlich legte Carlos den Arm um Ilsa und gemeinsam gingen sie rüber ins Restaurant.

Schon beim Betreten des gemütlichen Lokals hörten Sie aus Küche lautes Gelächter. Miss Betty hatte die Türglocke gehört und kam breit lachend aus der Küchentür, hinter ihr lugte ein völlig weiß bemehlter Esteban vorbei in den Gastraum.

„Um Himmels willen, wie seht ihr denn aus? Da ist ja mehr Mehl auf euch Beiden als in einen Kuchen gehört." „Esteban, was hast Du mit Miss Betty angestellt?" Schelmisch grinsend kam der kleine Mann hinter Betty hervor und rannte in die ausgebreiteten Arme von Ilsa.

Diese fing das mehlbestäubte Etwas lachend auf und wirbelte ihn einmal durch die Luft, was allerdings zur Folge hatte, dass sich nun das Mehl auch überall im Lokal verteilte. „Na toll, jetzt haben wir hier auch noch Sauerei gemacht."

„Ilsa, das ist keine Sauerei, das ist Mehl." „Nun kleiner Mann, sei ein Schatz und hol Deiner Granny Betty Schaufel und Besen und dann machen wir das schnell wieder sauber." „Ja Granny", und schon sauste er Richtung Küche und verschwand hinter der Klapptür.

„Granny Betty?" fragte Ilsa lächelnd „Nun, so hat er mich heute plötzlich genannt und ja, ich bin gerne seine Granny. Er hat doch keine und jedes Kind sollte eine Granny haben." Die Arme in die Seiten gestützt schaute Miss Betty Ilsa an. Diese ging zwei Schritte auf diese zu und nahm sie fest in die Arme. „Es ist mir eine Ehre Betty.

Esteban könnte keine bessere Granny haben als Dich." Gerührt drückten die beiden Frauen sich noch einmal und Ilsa drehte sich zu Carlos um. „Also, da wir nun auch eine Granny haben, schauen wir nach, was in dem Umschlag ist."

Während Carlos den Umschlag langsam öffnete setzten sie sich an einen der runden Tische. Langsam zog Carlos einige Blatt Papier hervor und fing an mit gerunzelter Stirn zu lesen.

Bedächtig legte er ein Blatt nach dem anderen ab. Mit dem letzten hob er den Kopf und das Stirnrunzeln verwandelte sich in ein breites Lachen. „Miss Ilsa Clayman, Sie sind - ab sofort und ganz offiziell und amtlich bescheinigt - die Mutter des Jungen, Esteban Gonzales Clayman."

Während Ilsa Carlos mit Tränen in den Augen anschaute und ebenfalls lachte schnäuzte sich Betty geräuschvoll in ihre Schürze „Kinder, das muss gefeiert werden."

Rasch stand sie auf und kam kurz darauf mit einer Flasche Champagner und drei Gläsern wieder. Ihr folgte, mit einem großen Glas Kakao und leuchtenden Augen, der kleine Esteban.

Ilsa nahm dem Kleinen das Glas aus den Händen und hob ihn schwungvoll auf ihren Schoss. „Esteban, wir haben heute einen Brief bekommen." „Ja, der da auf dem Tisch." „Richtig, und da steht etwas ganz Wichtiges drin."

Lächelnd schaute Ilsa Esteban an „also, mein Kleiner, in dem Brief steht, dass Du jetzt für immer bei mir wohnen darfst. Was sagst Du dazu?" „Ich darf immer hier bleiben." „Ja, das steht in dem Brief." „Und wenn Du arbeiten gehst, dann darf ich bei Carlos und Granny bleiben?" Ernsthaft blickte Esteban abwechselnd von Betty zu Ilsa und Carlos. „Ja, das das darfst Du. Genauso wie es jetzt schon ist."

Fest drückte Ilsa Esteban an sich. „Oh ja, das möchte ich so gerne. Ich möchte nicht mehr weg. Es ist schön hier."

Zärtlich drücke Ilsa Esteban an sich. „Dann sind wir jetzt eine Familie und ich passe immer auf Dich auf." „Und Carlos, ist der jetzt auch in unserer Familie?" Ernst schaute Esteban zu Carlos hoch.

„Tja, Esteban, weißt Du, da muss ich Ilsa aber erst mal fragen, ob sie das möchte." „Ach, die sagt bestimmt Ja, die hat Dich doch genau so lieb wie mich, das weiß ich ganz genau." Wieder herrschte eine kleine Weile Stille im Raum. Während dieser ergriff Carlos Ilsas Hand und schaute ihr tief in die Augen. Diese nickte nur, Tränen der Freude liefen ihr unentwegt aus den Augen und sie drückte Carlos Hand ganz fest. Das war ihr Versprechen.

Und als die Beiden die kleine Hand Estebans auf ihren Fingern spürten war das Antwort genug. Ab jetzt waren sie unzertrennlich.

Ilsa hatte eine eigene Familie. Menschen die mit ihr lebten, lachten und liebten. Nie mehr dachte sie an die dunkle Zeit in ihrem Leben zurück. Und auch die beiden Leichen im Keller unter der Scheune hatte sie aus ihren Gedanken völlig gestrichen.

Nach einigen Jahren brach in einer stürmischen Unwetternacht die morsche Scheune mit lautem Getöse in sich zusammen und begrub alles was darunter lag.

Mit der Zeit bedeckte Flugsand die Ritzen der Tür die in den Keller führte. Der Sand bedeckte auch den Griff und wurde durch die Witterung hart wie Stein.

Diese Tür sollte nie mehr geöffnet werden. Und sollten Forscher sie in ferner Zukunft ausgraben, dann würden die Entdecker den Ort vermutlich für eine vorgeschichtliche Bestattungsstätte halten.

Annie Garcia und Nicholas Horseshoe gerieten im Laufe der Geschichte auch in der Stadt in Vergessenheit.

ENDE

Nachworte zu Ilsa und *Maggie*

Ilsa

Als man fünfundzwanzig Jahre später in den alten Kellern die Pathologieräume wieder öffnete entdeckte man zwangsläufig auch die vier toten Körper in den Kühlfächern. Allerdings konnte niemand mehr nachvollziehen warum diese so wohlpräpariert hier unten lagen.

Eine Identifizierung war nach so langer Zeit auch nicht mehr möglich, so dass man in stillschweigendem Einvernehmen beschloss, die Leichen einzuäschern. Die Urnen bestattete man dem Feld der Ungenannten, das es auf jedem Friedhof gibt. Das FBI schloss nach relativ kurzen und erfolglosen Ermittlungen die Akte „Kühlhaus".

Mit Ilsa Clayman, einer ehemaligen Pathologin des Krankenhauses, brachte niemand diese grausige Entdeckung in Verbindung.

Maggie

Erwartungsgemäß wurde auch dieses Buch von Maggie ein Verkaufserfolg. Der neue Verlag war begeistert, sie unter Vertrag nehmen zu können, und ging auf alle ihre Forderungen ein.

Die Erstauflage verkaufte sich fast ohne Werbung innerhalb der ersten sechs Monate und Maggie bekam genug Tantiemen um sich für einige Zeit ohne Sorgen ausklinken zu können.

Sie hatte sich ein Strandhäuschen – fernab aller Touristenpfade - auf einer kleinen Insel in der Karibik gemietet und war - mit Molly im Gepäck - kurzerhand in die Sonne aufgebrochen.

Der Fall Lionel wurde als Unfall eingestuft und die Ermittlungen eingestellt. Sie war ein zweites Mal davon gekommen.

Einige Worte an meine Leserinnen und Leser:

Sollte Ihnen/Euch das Buch gefallen haben, dann würde ich mich sehr über eine Rezension bei Amazon freuen.

Ebenso freue ich mich über kritische und konstruktive Rückmeldungen. Diese nehme ich gerne an, da sie mir dabei helfen besser zu werden und Euch mit weiteren Werken weiterhin erfreuen zu können.

Ebenso wäre ich sehr erfreut über ein „Gefällt Mir" meiner Facebook-Seite: P. G. Groeger.

Herzlichsten Dank dafür Ihre/Eure

Petra Gisela Groeger

Frankfurt am Main, im Februar 2017

MIX

Papier | Fördert
gute Waldnutzung

FSC® C083411

Zeitfracht Medien GmbH
Ferdinand-Jühlke-Straße 7
99095 Erfurt, Deutschland
produktsicherheit@kolibri360.de